晴川·漫游集

伞　松◎著

文匯出版社

自　序

　　这是一本记录一些自己所思所想和看书时觉得有意思的只言片语。至于道理这样的东西古往今来早被世人说尽了，有的可能只是换一种说法，这换一种说法有时候还蛮有意思。

　　让我们在文字中相遇，若是在某一片刻间有共鸣或触动，我将满怀感激。

　　我是一个微不足道的人，不用在意我是谁。
　　或者斗胆引用一句：呈现艺术，隐退艺术家。

　　生性懒散，百艺无成，后来听他们说：功能即奴性。想想算了，就放任自己的懒散。后来又听他们说诗人可以什么都不会，就决心要做个"诗人"。耽于文字中漫游，似乎合乎天性。神游无形，旷与四达，愚心仍难化，贪、嗔、痴、妄诸色皆喜。幸得愚心萧萧，得失鲜有在意，方在矛盾中显出和谐。

目 录

自序

引言：敲钟人   1

一、晨光山下   3

二、手持大戟的撒旦   31

三、燃烧虚无的火   61

四、暖律宣晴   79

五、维水泛舟   109

六、荒村、孤烟、瘦狗   163

七、景阳梦景   193

八、物色之动，心亦摇焉   231

九、提着灯笼而来   263

十、后篇   299

引言：敲钟人

据说古时杭州灵隐寺后山的高台上有一口古钟，千年来从未有人敲响过。流言慢慢地流传开来，说是从前有一个美少年来西子湖边寻找他前世的恋人，找寻了许久许久也未寻见他前世约定相见的人。

晚上他孤坐在一个高台之上睡着了，后来人们就在那高台之上看见一口青铜钟，幽幽地泛着蓝光。有许多好事之人登高台用尽各种办法也未能敲响过此钟，后世慢慢就传说此钟还在等待他那前世的恋人。

时间过去许久许久，有一天一个红衣女子路过此地，见高台上的古钟发出幽幽的蓝光，便下马而来，踮起脚，轻提裙摆，拾阶而上欲登高台。

众人见状，纷纷告诉此女子高台古钟千年来从未被敲响过。红衣女子没有理睬，步伐轻盈继续登台，不久便来到古钟台前。在众人还未来得及思索之际，女子掏出绿如意，敲向古钟，瞬时幽谷天籁四起，百兽齐鸣。

古钟又化作美少年，如惊雷唤醒沉睡的大地。众人纷纷双手合十祈祷，美少年携恋人翩然离去。后世便在此地建起了永福寺，此高台至今犹在。

流光千年，我终还是认得你。

一、晨光山下

晨 幕

晨光初升，
微明敲响黑夜的门
退下吧　退下吧

林兽唱起早祷的歌
光束推开无明天际

光与暗是彼此的床
黑夜躺在晨光山下休憩

天地有序黑与明
众山巍峨　一粒粒沙粒

闲暇的时候总是喜欢四处闲逛，所见必有所思，思想也有着无边无际的漫游。在漫无边际的记录中，积累了大量的文字记忆，年前整理出几十万的文字记录，这些文字仿佛封存了一些有光来过的时刻。这是在无为的日子里留下的宝贵礼物。

有人问为什么那么喜欢看书，由于问的时间比较好，在夜深人静之时，便有好好回答的兴致：应该还是因为贪恋与对生命的珍视。眼前的现实生活总是被局限在某一个范围，身在何方都是如此。眼前的现实生活未能被提炼，眼前的人往往也是，所以总是显示出庸常与乏味。这庸常与乏味对灵性的人类是有害的，慢慢会窒息心潮的浪花，暗淡眼中的光亮。

在书中可以轻松地与古往今来最有意思的那一部分人做伴、对话、远游，而且清爽自在、无拘无束；也可以借助书籍延长生命的宽度与长度，在一世活上五百年并不是什么难事。

肉身相搏，危险而迷人。若迷人渐薄，危险渐长，那又何必身入险境。

人总是寂寞的，即使在一群人中也逃避不了面对自己，这是我们生而为人的荣耀。我们认识到自我的存在，也是不可逃避的命运。孤独是人生中最大的消遣。

听人说话，不必深究；一深究，往往会在朴实之中发现嫉美，于宽容之中看到堕落。

"远而近的东西：极乐净土、船的路程、男女之间。"

古典时期的中国还是很有意思的，看了古人写下的几个故事，想了一下今人是很难有这样的事情。在面对现实生活的时候，能保持一份自己的高义与坦荡是难得之事。现世的生活有时像个大泥沼，行走其上难免有步步惊心之感，一不小心就容易陷落其中。即使挣脱也难免一身污泥，不过也不至于完全绝望，所谓的泥沼也只是人用虚妄编制的一张网。本真只要轻轻咳嗽一声，虚妄皆烟消云散。

　　在人的庐山中越往深处走，越觉得幽深、叠嶂、迷雾重重，更知爱之艰难。可是别无他法，人就是爱的意思。走出人的庐山，也还是要爱，爱那庐山中的幽深、叠嶂、迷雾重重。正因如此，才激起手持火种的人们前赴后继地前去探索。爱是人类唯一的自我救赎之路。每个城市，每个有人聚集而居的地方，都是一座又一座庐山。

　　夜晚沿河散步见满天星斗，一架架飞机飞过，大大的明月悬在众星之中。想到人类真伟大，人类竟然在想满天星斗上都有什么，宇宙中绝妙秩序与呈现出的对称之美，到底是由谁统摄，是那个叫自然的神祇吗——神思缥缈人哪，是神祇们最宠爱的孩子。

　　朋友说古人是很有智慧的。也许没有电子产品、网络，所以都独有魅力。现代人被电链接在一起，被共同的几件事情揪住心，欢乐或者悲伤的事情。天南地北的人说着同样的话，多少有点无聊——也不能说古代没有电，古代有闪电。惊雷四起，一片虔诚之心。

　　古人每逢月圆之夜，便会在庭院中置香案，祭祀明月。对着月亮起誓的人，估计不太好意思违背誓言，毕竟明月照九州，无处可逃。

每个人做好自己，就已经很好。有时候觉得应付生活本身就已很艰辛，吃饭、打扫、祈祷已经消耗了人的很多精力，还有那么多无常的意外要一一面对并处理妥当。年少时看古人说：一个人能平安活到老，就是一件很了不起的事情。那时是不以为然的，随着岁月的流逝，愈加觉得古人的上智。

诚然，年少的不以为然，是很好的事情。如那盛宴狂欢的日子，是人的一生应该有的时光。有人说青春是残酷的，那也是特有的青春的残酷，年岁渐长想再去那样残酷一下，已无可能。好似唯唯诺诺、苟且偷生般地带着劫后余生的破帆，悄悄地撑回到港湾。

鸟兽应知春意，追逐于秀林中，鸣声不绝。蜡梅幽香于河边，冬的临终。

山茶艳红盛开在顽石边，是在为宝玉做伴吗？太阴历的春节着实可爱，万物隆始，草木萌动。

人的心念有着强大的力量，它在无形中会指引我们去到那心念之地。由于心念的力量过于强大，我们有着怎样的心念就变得非同小可。或许有着什么样的心念，就有着什么样的人生。

心足够柔软，才能充分感受当下的生活，有一颗一直都软绵绵的心是很好的事情。心一旦变硬，一切美好的事物都随之而去。心一旦变硬，就已死去。

抬头看见满天的星辰，在夜的帷幕中有一棵棵俊美的树影，我们生活的星球真美。人真有意思，见出了世间的美，这是一切善意的终点，也是一切善意的开始。

眼睛会欺骗我们吗？当然会了，你看天上有个月亮，水里也有一个。

天地待我们并没有比其他动物更好，我们更应自强不息。每天的新闻似乎都见出人类的求生。晚上喂完楼下的自由猫后准备回去，那些荒诞离奇的故事还在等着我。戴着耳机，听着高烧的夜晚伴我入睡的善意歌单，思绪又飘忽起来。漫步到桥上，看到三星伴月，吉祥止止。愿朋友们都吉祥如意。

回到家里，打开朋友寄来的信封，意外发现了一张小纸片上有红色的朱砂印"平淡而真"，与虞公子十年未见，确实平淡而真。

梨花又将开在山谷，酒还喝吗，誓言还记得吗——人生寂寞又好玩。

夜晚神游至唐时巴蜀，一路舟楫，高山重重，猱猿不绝于危崖。掬水在手，遥祭巫山女神，朝为行云，暮为行雨。

我们说"竹杖芒鞋轻胜马"的时候，一般都有过裘衣轻狂少年时，然后——再回首向来萧瑟处走出一派人生滋味。我们说逍遥，逍遥就是一条鱼，在海里生活了很久很久，忽然觉得很无聊，怒而跃起，便就飞起来了。

听到有人说，"国学"现在妖气十足。想想说得很对，至于为什么就不好意思去深究了。二十世纪八十年代是抒情的，听那时的歌就会明白。现在是什么呢? 现在早已经无情可抒，现在很多事情好像都妖气十足。

在去西湖看鸳鸯的动车上，同座的成都姑娘温文尔雅，说晚上朋友们已经安排好火锅和麻将局，想起成都想起可爱的人。同排的两位藏族情侣，一眼便知是来自高原的精灵，穿着好看的衣裳，眼神灵动，仿佛映出高山草甸潟湖边的芳草地。我的眼睛里也浮现出雪山、风马、格萨尔王，还有那个提着竹篮的卓玛。

一些其他的所见让我想起：有些人觉得无耻容易发财，便毅然地去做这样的人。结果财没有发成，无耻却留了下来。

华灯结彩，车水马龙的西湖边还是一派醉生梦死的模样。想起人类虽然攻伐争斗世代不绝，仍是动物界的好东西。若是论逍遥，还是西子湖里的鸳鸯逍遥自在，长翅膀的总归比没长的更自由。人类把尾巴进化没了之后，造物主作为补偿，应还一双翅膀给我们。毕竟人类真的很想要一对隐形的翅膀。

鸳鸯眷恋莫离，一湖碧水烟云。苏白堤上孤山客，风流人物几许。闲庭信步残荷，湖风吹动心幡。谁能动心幡？钱王梅君苏与白，岳祠门前有小小，叔同岸边伤别离，何湖如此大，盛下千古风流。

刚刚确实听到了，要是烤着吃（指鸳鸯）不知道是什么味道。罪过罪过——毕达哥拉斯是个完美的素食主义者，他或许只是想：天地万物不畏罗网，安享太平。

前面说：有人觉得无耻的人更容易发财，于是决然地做这样的人去了。然而财没发成，无耻却留了下来。是因为我们不管在暗室里干什么勾当，都会有一天由自己站在屋顶上大声说出来，弄得尽人皆知。

虽然古今早已把该说的都说完、说尽了。但是每个时代都有他的不同，时代不同，人也常新，所以还有很多话要说，可以说。至于怎么说、说什么，这是很有趣的事情。

有时候觉得生命的能量过于旺盛，即使因为各种原因被折磨得虚弱至极，一旦稍有恢复，那股能量便又开始在体内横冲乱撞，蠢蠢欲动。它迫使你去探索，身体和思想上都是如此。这似乎是很有意思的事情，心泉一直流淌，从未消减，对万物保有极大的好奇与敏感。

《白雪》：白雪不在意枯枝败叶，纷纷然飘落其上。故白雪总是很美丽的。

白雪纷纷飘落，所遇之物皆变得美丽纯洁。白雪纷纷然，肆意、活泼、快乐、璞真，所遇之物皆变得如此。白雪以本真的无意净化并还万物以本真，这是白雪超然的虚荣——白雪有弱德之美。

有人在桥上等你，你去的时候记得牵起她的手（特别是在下着大雪的桥头）。

有人说，人是会思想的芦苇。又有人说，层云出大怀，人类好复杂。

大凡古老的国度都会保留着一些气，这气于无形之中，你苦苦寻找，不得相见。忽然有一天你看见一群人在田野里劳作，那田埂不远的地方有一个人在那里无忧无虑地放声歌唱，那就是了。

读到一些古籍中的逸闻趣事，看这些荒诞离奇的故事有两重意思，在别人的荒诞中经验，在自己的边界中试探，又不至于跌落水里。有人说，在千百年前的故事中经验，于今有何教义？

读书是为了好玩。其次千百年来的今人与古人并没有多少不同，只是舞台与背景换了而已。假如一定要说不同，古人可能更加憨厚。

说到现代，有人说："只有聪明绝顶的人才渴望重显憨厚。"

那个滔滔不绝的对手越发稀少，语言有时候是一种隐私，需要亲密的关系。语言的重量需要双方都有力才能承接。语言是飘在空中的音符，演奏的人要小心。空气中流动什么，取决于我们演奏什么。婆罗门最后也只是说出了："唵、唵、唵——"小时候没事就滔滔不绝，想想真不好意思。不过小时候的自己若是来找我，还是会好好款待。一边惊骇不已，一边盛情款待。

感受过自由的重量，人才会更加轻盈。

与朋友聊天，朋友在为楼下含苞待放的玉兰、红梅树被修剪得光秃秃而伤心不已。捡来几枝枝丫养在家里，像是在祭奠上一个春天。现在所有的问题也许都是因为审美，这段时间经常想到这个问题。不知美丑这个世界如何好看？审美不单止于物，更深层的审美是对人生的审美，如何过完一生，如何更好看地过完一生，这是人首要考虑的问题。一个社会的审美也应如是，每个人都应该想一下如何让人类更好看，给其他动物留下希望。这是人类最大的美德。

有人说美院里的人看起来都好看许多。想了一下，有些确实是天生丽质，更多的人是因为对古典文化学习了解，以及吸取古今中外的艺术品的能量后，有了较好的审美。在那样一个特殊的环境中，从内到外便好看、有趣了许多。

后来发现，我爱一个人就是在爱她的审美。

时时回望，生命是一根线，终点的长度是固定的。走了一程又一程，站在一个个点上看我们走过的路。为那些愚妄惊醒，为那些诗意、善意喝彩。美妙的生命里有个死，这正是生命的残忍与漫长的诗意。说到此处又想起了爱，爱有它自己的属性——什么是它的属性呢？它从心底流出，像一汪无忧泉，泉水澄清、甘甜，一股股地涌出，潺潺有声，且歌且舞，滋养相遇之物。爱里有真与欢乐。

　　外面已偷偷摸摸燃起了烟花，看来是真要过年了。总体来说，从新年天上的月亮、星星到落日，都显示出不同往日的景象，那惊心动魄的红日像是一个征兆。

　　人类不必说苦难。人类就是从苦难中走来并决意要把它抛在身后。曾经说那生在山门前已经千年的树很幸福。它什么都不做，只是与日月星辰为伴，享受四季的风霜雨雪，便已是至福。迎风而立的树不会说根植大地的艰辛，它只是挺立着，亭亭如盖，荫蔽四野。它就这样沉默不语，投下一片绿荫，庇护着烈日下焦灼的生灵。千百年过去了，人们为它修起围墙，建起庙宇。

　　清晨早早醒来，窗外是那条清澈而流动的河流，从白马峰的竹根一路流出，碧绿澄清，似乎还带着翠林的颜色和山间流云的诗意。隆冬时节，雾气蒙蒙，细雨霏霏，一棵柳树矗立在窗外的晨雾中，垂下的细枝轻轻拂动，如同站在山巅许下誓言时风扬起的青丝。

　　晨光女神驾乘她的太阳战车缓缓地升起，玫瑰金色的手指轻触大地。美丽的女神，纤纤玉足漫步在紫色的山巅，一片寒冷萧瑟中燃起希望的火。

人在旷野或在城市中，都像是游走在自己的家里。他以天地为住所，而不是别的。以草木鸟兽、日月星辰为知己，但他仍最爱人，人应是天地最宠爱的孩子。徐徐而行，为每一次遇见、发生而祝贺。往昔、此时、未见汇成你我，敞开接纳允许发生与覆灭，这便是我们想要的人生滋味。我们无力于已发生的事情，当下允许发生与还未发生的应满怀敬畏。

在陡坡攀登的人，只要把山峰轻轻翻转，便如履平地。

小时候觉得只有感情是真的，后来长大了一些，觉得只有感情最虚幻。后来又长大一些，觉得这世上仍只有感情是真的，并觉得除此皆虚幻。众人口中的现实是虚幻中的虚幻。众人说的虚幻，在我看来才有几分真实不虚的意思。

爱中的曲折、离奇和艰辛皆是奖赏。就是说在爱的故事中，曲折、离奇、艰辛皆与幸福等同。愿有神明常相护，证盟天下有情人。有时候觉得有些事情电影电视里演的还是差了点意思，毕竟那只是在妙肖生活。

准备起床，忽听鼓声，定睛一看竟是子桓在击鼓而歌。仙女端坐于两只神兽之中，恍然出神，一眼千年。

《仙女轴》元代　佚名

很难的事情是不为奈何所动。可是我们又为什么要为奈何所动呢？走出浓雾的迷途，只为心动而心动，并拒绝对一切成瘾，也许就是佛陀说的：不住色而生其心。人间是个游乐场，自由是唯一的筹码。世俗的羁绊，自由的献祭。

伏案见天色渐晚，金光映于西墙。放下那惊心动魄的文字，走到桥上，沉迷在落日的余晖中。夜幕低垂，朗月星空。人行走在清风朗月之中，已是享受人间至福。

我们自顾自地奉出宝藏，发现宝藏另有其人，彼时彼此都熠熠生光。

流浪诸子百家，古今流派、学说又似了无痕迹。无一住心间，无一为所动，如那荒野中的漫游，只是怀揣好奇、探索之心四处游走。又似吃下的食物，少顷便无处可寻，化为虚无。但似乎还是有滋养，这些食物便成为我们如今的模样。

为什么不为古今中外各种流派、学说所动？
你看那古今中外诸子百家各种流派、学说哪一个不是看起来像条狗。

我们为之努力的，也许只是如那未被皑皑白雪覆盖而仍觉得好看的荒川。要是幸运的话，便会遇见那个来栽梅花的人。

有人带着她喜欢的食物来看你，那是爱的意思。食物就是爱的意思，纯粹的爱。

人的思想就像人的衣服一样，有时候刚开始的时候，很喜欢也很合身，后来长大了，衣服就捉襟见肘、不合时宜。再后来日月更迭、气象新生，衣服已经老旧得不像样子，四处漏风，再穿在身上，冷风一吹寒意四起，一片萧瑟之意。如果再抱着这套旧衣服不放，难免要沦落到悲悲切切的境地。

邻居是一对老夫妻，不管什么时候见到他们，几乎都是手牵着手，还晃来晃去，看着有五十多岁的样子，好像是不远处一所双语学校的老师。每次见到打个招呼，他们俩初恋般的样子成了眼中的一道风景。

美丽风景属于懂得欣赏它的人。有人住在风景优美、开满玉兰花的地方，因为一些原因无法静心欣赏，这美景便是属于遇见它、感知到它的人。早春玉兰、樱花又以开在废墟里更加动人。

诸神果然都是永生的。小时候经常去夜游的公园里有维纳斯的雕像，现在依然洁白无瑕，美丽如初。当垂垂老矣的时候，再来看这些月下永生的诸神，肯定别有一番滋味。

"我的朋友啊，谁曾超然人世升上了天？太阳之下永生的只有神仙。"

古时西方说的伊甸园在恒河两岸。后来新的"文明"进入，再加上亚当夫妇老是生孩子，诸神开始觉得人类太过分，便收回了伊甸园。至今还没有再寻得一个新园，以安放这芳草之地。

没有哪位诗人是因为必须唱歌才唱歌，至少伟大的诗人不属于此列。伟大的诗人是因为愿意唱歌才唱歌。人在行动时是一具木偶，当他描述的时候，则是一个诗人。全部的秘密都处于此。——《意图集》王尔德著，罗汉、杨恒达译，东方出版中心出版

"艺术越抽象、越理想化，就越向我们揭示出时代的特征。"如果我们想通过一个民族的艺术来理解这个民族，就让我们来看一看这个民族的音乐与建筑。

　　到楼下拿书，心里哼起：微风伴着细雨，我伴着可爱的你，外面确实微风细雨。至于可爱的人，那真是遍地都是，只要自己还算可爱。晚上听一群人朗读优美的文字。朗读者的语言气度，有时候可以给文字另一个角度并增加灵气。也许是文字被朗读者重新灌注了自己的生气，加上作品本身的丰满，别有一番情趣。

　　她说："如果不是无知，我们无法完成一些事情，要爱自己的某种无知，它脆弱珍贵。"人生不舍昼夜的时刻，应该好好珍惜。这样的日子不会太多。

　　看到一段话写得很精彩，可是觉得少了什么，还不够生动，也不足够诚实。加上一句，它活了起来，栩栩如生，也足够诚实，这是很好玩的事情。

　　命运摩擦你的人生，你也要记得摩擦命运。当你摩擦命运的时候，命运之壶中的神祇才会慢慢显现。以前命运有意无意地来摩擦我，如今我逮住命运反复摩擦，命运之神也只能老老实实地问：想要什么样的命运？

　　把神罩在人们头上的那块纱布拂去，把神赶下祭坛，人才能真正看清头顶的那片天空。

　　我们说笃信的时候，已经在怀疑了。

《奥德赛》与《伊利亚特》应该写于秋冬，荷马在春夏很难写出这样的诗篇。

传统意义上的出家人很难"得道"，因为他对世界的另一半一无所知。既然对世界的另一半一无所知，又谈什么普度众生。

批评创造新的东西，没有批评就没有一切，人类也还会只是猴子。一切强大有力的东西都源自批评。但是要是脾气大，最好还是发到全世界去。一只猴子对另一只猴子发脾气，是两颗脆弱的心。

人类的呐喊是宇宙中唯一的明灯。

仔细想来，一切都是刚刚好，悲喜亦是，欢乐亦是。没有一点被浪费，亦没有一点是多余，似乎有了大自然的属性，大自然亦是如此。有人说人无论如何都美不过迎风站在前排的树。后来看到特别美貌的人，有所动摇，只是人的美貌过于短暂。

迎着晨光看到一群可爱一心向"道"的小孩子，心里感叹作为一个大人即使实感有时了无生趣，也应留下一片可爱的天空给小孩子们。前赴后继，波澜不息的才是我们可爱的人间。

金铃晨光夜美梦，天地悠游春莫迟。有时候音乐寂静无声，只是在心里跳动起音符。有些烟火也是在这寂静无声的夜里，在心里默默地点燃。

"人们在面对面与你谈话时，自己的本性谈出的最少；给他戴上一副面具，他就会告诉你真相。"

刚刚还看到：丑陋已经日薄西山。今晚因此也算是没有虚度，今天比昨天过得好一些，因为今天知道了昨天不知道的。

当一个观念产生，要注意它的对立面。这对立面往往可以击破当下的观念。这被击破的当下观念里面，往往隐藏着愚昧与无知。我们的观念像流淌金子的河流，而我们的心只能是架在这流动河流上方的桥。如果河水不再流动，我们的心就像一座架在死水面上的桥，了无生气。

人很难知道什么是一别千里，相逢无期。这需要时间。时间既残忍又温情，残忍的是任何企图抵御时间的努力都是徒劳，温情的是在时间里的一个个记忆。拿起手中的"笔"，记下温情的生命。

早起去某城见一些好玩的人，洗漱时无可奈何地对着镜子里的人，一头的好毛。想起托尔斯泰写给他朋友的信，其中谈到他的朋友除了青春太过漫长，占用了他人生太大的部分，别无指责。似乎过于漫长的青春也是一件无耻的事情。

有些人说人生艰苦，但是他们只是有口无心。事实上，活着真好，人生真好玩。在山中喝茶听人演奏手碟，晚上看到江两岸的人们在放烟火。心满意足地走在回家的路上，心里想生灵只有在自由的状态下才能表现出美好的一面。

摄于杭州茶叶博物馆

那次春光灿烂后，我们再也没有同登过那片茶山。

仲尼周游，若得一国久居，便一谋士而已。仲尼云游四方，方得天下志。颠沛流离是他注定的命运。

一个小朋友边走边跑很着急的样子，他是着急快点长大吗？那真不用那么着急。再说长大了，其实也不是很好玩的事情。

窗外晨光渐开来，心随纸迹几万里。饮马于汪洋，拴在扶桑树上。折若木以拂净太阳的风尘，聊逍遥以相羊。遨游四海金鳞，莫问何以为飨，采邑汪洋之中，振翅于六虚。耽于黄卷之中，无拘意识之流。遨游、遨游天地之间得自由。

晨饮诗篇数数，还以楚子最风流。能体纯素，谓是真人。狮子搏兔用全力，终是狮子之愚。古人随笔写下的文字里有天地之子的气韵。清晨众鸟初鸣，幽幽高古之音。夜梦多未醒，宁静无杂声。读此美文空语，需在暗明初开之时。

时时有新生之感。站在岸边见华灯点起星辰明月，感动不已。又似乎更加理解那句：不住色而生其心。皎皎明月出，流光正徘徊，愿随东南风，长逝入君怀。

命运总是递过来一枝枝橄榄枝。语不欲犯，思不欲痴。春风淡然，吹起寥寥事。淡烟袅袅，升在野墟中。一别千里，何事梦中？忘川相逢终不知，君在南岸，我在北。

春风淡然，吹起寥寥事；
淡烟袅袅，升在野墟中。

一别千里，相逢有期；
碌碌朝暮，所为何事？

形如浮云，神游人海；
泛涛浪中，点点星舟。

风来飘摇，握橹手中；
幸与子共，彼岸同渡。

回首苦海，永息迷波；

行有佳音，相逢彩云。

流光轻拂我，明眸举目望，缄默两不语。

有些东西只能飘在空中，一落地便烟消云散。你和我说了那么多现实之后，在我看起来都虚幻得很不现实。逃离人群免去了是非之苦，隐姓埋名之前要有姓有名才会有些趣味，名越大乐趣越大。

人们都说江南美，逢春更是入画里，碧波源自绿林中，悠悠自成一江水。新安诗意入富春，两岸高士严子陵。黄公无事戏世人，长卷丹青留芳名。早在画中写强盗，一半无用一半山。江南总是水呀、桥呀、船呀——朋友又说：温柔又冷清，像一个女子。

黄公既然知道会惊起强盗，纷争四起，为何还要留下长卷？
因为艺术家一般都生活在道德之外的"山林、田野"。
道德之内的田野，生活着一个又一个莫里哀戏剧中的人物。

大风大雨，心上人，人间不过尔尔。那句：思想所能探究深度的世界是个超感性的世界，又浮现出来。那些说爱来爱去很麻烦的，其实只是爱而不得，或者只是因为"以不知爱人而开始，以知道自己不可爱而结束"。

以前说冬天的狂风是波塞冬。现在看着春天的大风，多少有点阿芙洛狄忒的意思。

散步见紫色五瓣锦绣，暖阳高树，惊叹造物之精美，像是大自然的风车。行走在自然之中，能深刻地感受到人的血肉身躯的脆弱与珍贵。身体承载着岁月留下的痕迹、相识与别离，生命是朝朝暮暮许多春。宇宙这样的事情不值得去谈，当然也乐见有人去探索，对于这颗蓝色星球来说，我们只不过是临时演员，既然舞台摆在脚下，也只得演好自己的角色。

有人说我们一直高估了情感的价值。有人不同意。我想了一下它的反面，我是不愿意回归到除了人之外的其他动物。保持惊奇与探索之心，好好做好人，对人来说是很重要的事情。

理想主义者的尽头是学会包容之心。绅士的尽头是伪君子。"真理"的尽头是虚无。

绝伫灵素
少回清真

如觅水影
如写阳春

风云变态
花草精神

海之波澜
山之嶙峋

俱似大道
妙契同尘

离形得似
庶几斯人

看完司空图写的《二十四诗品》后，感觉后人不用再写诗了。有人说是狗总是要叫的，不管大狗还是小狗。

中国的古典文学，最后总是免不了要惩恶扬善，有些明显是硬加上去的。还有很多把悲剧最后写成喜剧，也许是在照拂人心的脆弱。其实人在看悲剧的时候，可以激发出生的欲望，会有一种劫后余生要好好生活的欲望。这是因为悲剧精神会诞生出来崇高的思想。悲剧一般描述比现实芸芸众生更崇高的人或者人的精神。人往往在悲剧精神中成为更好的人，而在喜剧中慢慢成为更差的人。因为喜剧一般表现比芸芸众生一样或者更差的人。

古代有哲人建议在孩子能饮烈酒之前不让他们去看喜剧。

出言如吟诗，开口须惊心。

有时候人多也没有用，人多无趣，就是一堆无趣的意思。

春风如果总是吹拂平常的脸，料想春风也觉得无聊。

吃饭的时候，隔壁两桌的小哥都吃得很潦草，只看到一盘豆芽、一盘青菜、一份米饭、一个双肩包。中途一个六十多岁的阿姨来找工作。对面马路边一辆摔在地上的电瓶车和一个人形模样倒在边上。匆匆赶过去，见到还真是一个人，一动不动，不知是生是死。再近一点，听见鼾声此起彼伏，酒气蔓延。少顷救援来到，呼叫不醒，翻过脸来还戴着口罩，一时不知道该说什么，匆匆离开。心里默想，这就是人间。写到此时，抬头见到一对恋人在两米之外亲吻别离。广宇荒芜，人间可爱。

诚然我们的评价就是我们的偏见，无一例外。很多事情我们只能去评价一个现象，而无法去一一评价造成这种现象的一个个个人。当我们面对一个个个体的时候，我们也只能以个体论来评价具体的人。此等事情决不能颠倒。这些所谓的评价最好都是在心里默默地进行的，且持怀疑自己的态度。

前面说如果一座城，还有一个可爱的人，我们都不能去诋毁那座城。因为这会引起不公。对世界的不公，终会引起对自己的不公，这是很残忍的事。我们要好好地爱自己，不要做对自己残忍的事情。既然评价都是我们的偏见，那不评价行不行？

如果评价消失，如海洋没有了洋流，思想的源泉干枯，植物将不再释放氧气，大地也将沉默不语。

对岸亮起了灯，那是回家的方向。家是什么呢？那个爱你的人。在美术馆看到一些美丽的艺术品，心里还是生出：人类要相爱或者学会相爱。在希腊神话的众神面前，想起了那个木匠的儿子，在摆放希腊神像的美术馆展厅里露出了微笑。这是世人明显的堕落。

阿芙洛狄忒与厄洛斯

舍弃希腊众神，奔向荒野诗人还是明显的堕落。

心灵的败坏，往往导致面容的丑陋。

荒野诗人是无辜的，凡是经上写的都不是他的意思，都违背他的意思。后来又有人说："凡是经上没有的都可以加上去。众人背着十字架，诗人兀自空手站在一旁。"

韩熙载夜宴的那个晚上，要是没有被人记录下来，那也只是众多纵情享乐的夜晚中的普通的一个。韩熙载在那样纵情享乐的夜晚快乐吗——那把君主的长剑就悬在头顶上，他必须快乐，别无选择。

李白在长安酒楼狂饮高歌的时候，会觉得寂寞吗……太白不觉得寂寞，也觉得无聊，才会肆意纵情。太白在从青莲去往长安的路上时是快乐的。毕竟挥金如土，豪侠壮游。

易安大人那夜宿醉到底是自己喝的还是与人对饮——我很羡慕那个与之对饮的人。

看到一句：**大自然每日春心荡漾**。他写得真好。上天有好生之德，所以大自然每日都春心荡漾。在春心荡漾的大自然中游走一番，想着一些醉生梦死的事。那飞鸟、春风、青青小草都是我们的朋友。

刚刚波德莱尔又说：美让世界不再那么丑陋，光阴不再那么沉重。

有些事情娓娓道来就好，声嘶力竭地呐喊并没有什么用。时间有它自己的进退。回家的路上，看见雀鸦在高高的新生的枝头上忙碌鸣唱，想起自己穿行在山林幽谷的时候也总是忍不住想放声歌唱。枯朽的老柳在残存的树皮上又生出青春的枝条，嫩黄浅绿，一时间模糊了生与灭。

可是人类呀，要记得放声歌唱。

每次站在从山间流出的清澈河流边，总是默默地、痴痴地看着——那波光粼粼的河水像是流过心间，温柔、多情、充满诗意地在身体里流淌。那一刻的心里是什么呢——是山间的云，林中的风，溪谷边的野蔷薇，绿荫下的泉。

春日里微风细雨正是散步的夜。

那个船夫的话又泛起在心头。还有悉达多说的三样东西：思考、斋戒、等待。

爱是一种祈祷，虔诚是唯一的信使。

如果言语不再违心，平淡无奇的话语也能增添几分魅力。生活的如常，便有了几分轰轰烈烈的勇气。内心的澎拜燃烧了大部分的热情，面容看起来多了几分冷峻与从容。

一个人在自觉舒适的时候会呈现出一种美。美里有生的种子，美有多大，生就有多大。

大部分人的绝望，只不过是在死里看不见生。就是说死是生的腐殖土。

这是在"婆罗门大森林"里散步的时候，踩着潮湿的枯枝败叶发现的生主的秘密。有时候看到并不能让我们得到什么，可是不看确实好像少了些什么，虽然自己并不知道。这是很有意思的事情。

一个人可以视天地与天地之间的万物都是她的情人，这是生而为人的销魂处。

有人掉落在深渊，你只能递上一根绳索，而不是跳下去。

把一个个文字换成马蹄金，神迹中的一个个文字比马蹄金更珍贵。

"像一条鱼在智慧的海洋里，绝不要成为任何东西的同伴，除了纯净的水。"采采流水，蓬蓬远春。水是鱼最好的伴侣。

把有形的神明变成文物，无形的变成大地和泥土。大地是最富创造力的诗人，光、空气、水都是它造物的材料。人们在寺庙里祈祷，最后众神也祈祷起来，祈祷早点离开这些什么都想要、一直喋喋不休的人。

二、手持大戟的撒旦

你看春，春是生的意思。

我看银色的河流，那是你的意思。

波光涟漪，清澈流动，那是在我心里你的心。

一点点雨，一片片叶子，春天的一点点雨，是一片片叶子。

如世上有身体与欲望，没有智力的苦刑。

就是说解除身体的苦刑，智力的纯思是快乐的。

就是说一个人没事的时候胡思乱想是快乐的。

"不知处阴以休影，处静以息迹，愚亦甚矣。"

　　人只有在万网皆破之后，才能知道什么是一往情深。这是一张捕捉光影的网，手握网头，目光炯炯，一网一网地打捞生命中的光与影。慢慢地，生命的网兜里积攒了星星点点的光亮，圣者背起它行走在生命之河里。暗夜中行走的人们看见了，惊呼：光、光、光——纷纷吹灭手中的蜡烛，唱起祈祷的赞歌。

　　早起，见一行人沉湎于乌镇仙子的半自愿的捐赠，晨光熹微，悠悠无事中聆听只言片语，快乐至极。

　　前面说要在死里看见生，只是说了一部分，在堕落中一样有超越性的东西存在。有些时候最好的作为，是站在一旁默默不语。不过最好的还是那落在枯枝败叶上的白雪。

依隐玩世，诡时不奉。有时候想想还是种田好，只是在哪里种，种什么而已。人们为道具忙忙碌碌，终沦为道具。在现实的生活中，难有凤尾之音，竟是些鸡鸣狗吠之事。天地之间小小的一个人只有往前走，越过沼泽泥潭，方能见那高山流水之意。临渊一瞥的惊惧中，多了几分高山流水的潇洒飘逸。

窗外春鸟声，唤我归春山；
春山颜已新，春花春涧生。
遥望不欲采，满眼爱与怜；
愿我有来世，生于花树边。

春日在大别山深处闲游，山间幽幽花香，依香寻迹，于陡坡处见到两株盛开的兰草花。山坡处留有挖金子的一个个小矿洞，兰草就长在金矿的山坡上，这是很有意思的事情。兰草、金子、挖金人，皆是大自然的造物。大自然说我只负责造，你们要怎么样都是你们自己的事情。挖金人会为兰草的幽幽花香而放慢脚步吗？

人事不足道。我们说"人事不足道"的时候，已是说得太多了。后来我们又说："慈悲为怀。"后来的后来我们又说："慈悲为怀是后来又后来的伤心事情。"

"于春光中翩翩便是生而为蝴蝶的使命。"读书读到这一句觉得很快乐。有时候为一句话快乐好几天。想起曾经为一只飞进停在山涧边车里的蝴蝶写下的诗歌。写得真好，也许它会流芳永世。

夜宿陡沙河千年锶温泉，与上次来的时候不同，今天没有闪电，群峰都在夜幕中。山魂也了无音讯，多少有些沉寂。远处灯火多了些许，那是最爱的人间。在相同的地方总是会想起过往的一些事，想起上一次来的时候的境况。想起这些年的风、雨、雷，想起许多朝朝暮暮的事。在酒店大厅见到一只自由出入的大白猫，憨态可掬又妩媚动人，于是决定把这只大厅里遇见的猫叫"莎乐美"。酒店里的小伙伴一致同意用这个名字。

神性在乡野。乡野的神性要在摆脱劳作与人间是非之后，才能慢慢显现。那些时隐时现的灵光是山魂与漫山遍野的精灵的馈赠。山魂与精灵来惠顾你的时候，不用感激更不用祈祷。它们只是随意玩耍嬉戏，只有它们觉得你好玩的时候它们才会来找你，如影随形，左右侍从。

苦海泛游，情波潮涌，身心淬炼，慢慢地看见了生命中的静。它安稳地在那里，看着我们慌张地、盲目地延续着生命。有一丝静在心间，慢慢地学会了宽容，满怀感激。那些有过交集的人，很多时候都想去说一声谢谢。

众水归流，汇成我们鲜活的记忆，一点一滴积聚成生命的汪洋。

采颉星星点点的光亮，放下希望的灯舟。

尘襟俱涤，我还爱你。我爱你，站在一旁沉默不语。记得出发的时候还是冬天，漫长的冬天，回来的时候已经是夏天，只有冬、夏是真实。春、秋皆虚幻，虚幻得转瞬即逝。

你口中所谓的幸福，在我看来不过是"着败絮行荆棘中"。我口中的自由，在你看来也不过是孤帆远影的没有碧空。

"顾盼遗光彩，长啸气若兰。"

山门前的茶花盛开，大雪纷飞的清晨，回头望去山门外空无一人。

在山野小镇，想起山外的苟苟且且，人事的是是非非。自救式地想起了尼采，尼采的"超人主义"也是后来又后来的伤心事。那只猫的名字原本是应该叫"尼采"，无奈后来只能叫它"莎乐美"。生活的断面一一呈现在眼前，很多时候都如同梦游。百转千回之后——云边、闪电、一棵松。

瀑布的上方可能只是一潭静谧的水。散步时在想瀑布与瀑布上方的水，沿溪而上，忽然看到飞流直下，烟霞四起的瀑布上方咫尺之间的水不过是一潭静谧的小湖。晚上翻看闲书，看到此处不免觉得很有意思："*云映日而成霞，泉挂岩而成瀑。所托者异，而名亦因之。此友道之所以可贵也。*"

南风吹进屋子，金铃发出悦耳的声响，一般有精灵来找我的时候它才会发出声响。南风是精灵的使者，精灵是骑着南风来的吗？或许今晚精灵的名字就叫：南风。

虽然对"中世纪文学"毫无兴趣，但是世界也绝不能只有一种声音。

虽然天地昼夜一刻不停地旋转着，只要我躺在床上，也奈何不得我。

子惠思我，褰裳涉溱。这是千年前人的脾气。

读了那么多乱七八糟的书之后能确定的是，现代的人在许多方面都比古人"封建"。

人非圣贤，安能无所不知？只知其一，惟恐不止其一，复求知其二者，上也；止知其一，因人言始知有其二者，次也；止知其一，人言有其二而莫

之信者，又其次也；止知其一，恶人言有其二者，斯下之下矣。——《幽梦影》

世人虽然没有几人如桃花仙，世人确实是都爱庵中仙，这也是有道理的。"不炼金丹不坐禅，不为商贾不耕田。闲来写就青山卖，不使人间造孽钱。"青山虽然从不吝啬，但是也不是人人都能拿来卖钱，所以世间总是一副苟苟且且的模样。

如今看很多事情，只能当一个寓言故事来看。人们在假里寻真，最终也只能抱假而归。

"吾尝思天上之天堂，何处筑基？地下之地狱，何处出气？世界固有不可思议者。"

顺水推舟，逆水行舟的时候要扬起长帆，学会与风做朋友。每个人都在行舟，没有例外没有特殊。只是有人刚刚扬起风帆，有人已经万水千山。

躺在床上的时候地球的旋转是可以不自知的。被窝里面一派天长地久。说到被窝，总是又让人想起：但愿人长久，千里共婵娟。一个有意思的梦，一个芳香气味的早晨。

六国流民纷纷入秦的时候，已经注定了六国的灭亡。以前觉得秦王说的那段话是托词与狂妄，现在想来也只是真情流露。陶潜在"桃林"的时候也是天下大乱的时候。有一天他饮酒时感叹：天运苟如此，且尽杯中物。

一介之士，必有密友。密友，不必定是刎颈之交。大率虽千里之遥，皆可相信，而不为浮言所动。闻有谤者，即多方为之辩析而后已。事之宜行宜止者，代为筹划决断，或事当利害关头，有所需而后济者，即不必与闻，亦不虑其负我与否，竟为力承其事。此皆所谓密友也。——《幽梦影》

写文章这样的事情，如行云流水一般才好。苦思冥想写不出一流的文章，因为往往干涩勉强，而且还有苦涩滋味。

你仔细看海是平的，对面的山也是很安稳的一排眠在那里。

看着热带坦荡荡的植物，作为人类有很多值得学习的地方。人类那点小心思在植物看来肯定觉得很无聊吧。

绿境幽林橘花树，独坐窗前静图书。有时候我们不能折断双腿来感受人世的悲苦，但可以借助一些东西来感受生命中的静，这静是流动不居的生命中少有的片刻欢愉。

有时流行就像河里的水，追逐它总是很累。站在桥上看波光粼粼的河水从脚下流过也是一种乐趣。有时候人既要能跃入河中又要学会站在桥上，就是说人要学会点魔法，会变，变成各种形态各种不同的样子。人可以这样吗？可以的。就像金银花一样，昨天是银色今天就镀上了金。

一个多年来的梦境，与一人在藏地自驾，始终没有看清她的脸。下一个春天去藏南看看梦中模糊的人到底是谁。在寺庙里看到匾额上写着"回头是岸"，心里想其实往前走也是岸。

想我对母亲的爱也只是她一遍又一遍地讲着她想讲的过往与故事，我一遍又一遍认真仔细地听着。看一本书的作者总是说到他的母亲，有些段落让我在飞机上掩面而泣。想到清明的时候和双亲一起去祭扫，父亲在祭拜祖母的坟前总是双倍的纸钱、烟花、爆竹，年年如此。总是难免说一些家族故事，在已经是老人的父亲眼里可以看出他对祖母的爱，那爱的强大消弭了时间与空间的距离，你能清楚明了地感受到，不容置疑，不可争辩。

稍稍出去走走，便可见一个个已经演不下去的舞台剧，还在如火如荼地上演着。台词愈加轰轰烈烈，感天动地，语言要是可以追诉名誉权的话，肯定将有一场场污名化的诉讼案。不过文字始终是大度的，它将超越污名的语言重新进化出新的语言。人类的忧虑不值一提，你我的忧虑更不值一提。抬头看月亮，低头看自己，这是很重要的事。

月亮恒久不变地单纯，所以恒久不变地迷人。

月光之下无新事吗——明月什么都知道，明月只想做自己，它不为任何事情改变，这世间又有什么事值得明月动心，明月沉默不语，漫游天际。明月让一切有灵的生命对它动心。

掬起水中月，如梦似幻亦是真。

诸神皆有她的贪念。被天神眷顾的人本身就是天神。幸运女神又说她不会帮助那些只希望不行动的人。

去小店吃饭，要吃老板引以为傲的那道菜。走出那家最好吃的水城羊肉粉店，办公楼的大门里涌出通勤的人潮，看了一下时间是下午六点，封闭日久的围栏被拆除，露出绿茵茵的草地，一旁的人在铺设崭新的人行道。这个城市被建得越来越好，毕竟在我们这个没有堕落的神的地方，堕落的人只是一时之事。

众人的循规蹈矩换来个体的肆意妄为。远方的朋友发来消息说到风，说有人企图抓住风。人就是这样痴心妄想。人是可以像风或者有风的属性。你问这样可以吗？人是可以，人的神思正是风的属性。

"微神之躬，胡为乎泥中？"
人总是要在泥中打滚，就看在什么样的泥中，打什么样的滚。

傍晚闲走三台山路，才知道九十二岁还可以爬小山，老人家传授了长生之术并说年轻人最好每周爬一次山。天色已晚回家的路上又一次遇见老奶奶，她正在一个绝佳的视角点拍摄浴鹄湾廊桥上提着灯笼的青春。此时距第一次遇见已经过去了许久，她说她很早就出来了，精神矍铄，体力惊人，年近百岁，已历人间的沧海桑田。望着老奶奶远去的背影，看出了人世的孤独，不觉泪流。热热闹闹的人间，一个个人。

盈盈一水间，脉脉不得语。

流水今日，炽焰前身。

在火焰里求永生是很好玩的事情。

空山无人，水流花开。胜固欣然，败亦可喜。素不解棋，松涛自喜。

快快乐乐地写，人间的悲苦已经太多了，不是不闻不问，是要给这个悲苦的人间一些快乐。这是一个写作者的善意。没有快乐，人类很难存活下去。

一起走过绿荫掩映的潟湖边，见到提着灯笼而来的过桥人，这是最好的告别。垂垂老矣远去的背影，这是一切智慧秘而不宣的密语。绿荫、潟湖、灯笼、过桥人、垂垂老矣的背影。

岂止心灯夜炳，亦乃意蕊晨飞。处事无事事之心，居官无官官之事。

政治上的堕落，必然带来艺术上的堕落；艺术上的堕落，必然导致人文上的堕落；人文上的堕落，必然产生日常生活上的阿谀奉承、虚情假意。由此形成一个堕落的社会。那么什么是健康的社会呢？只有一种，那就是以不妨碍他人自由为边界的社会。那艺术是什么呢？艺术就是自由的意思。

人看到沙漠不只是绝望，还会想到种树，这是生而为人的乐趣。

这已变成谚语："吃葡萄，别问葡萄园的事。"

晚上看书，看到有人说佛教：始于慈悲，止于无边的傲慢。说的是佛教，不是佛祖。释迦牟尼说：我始终都是清白无辜的。又有人说只相信斯宾诺莎那个隐藏在大地生灵中的自然之神。

天风吹下步虚声。

谁莳的花服谁，那人卜居的丘壑有那人的风神，犹如衣裳具备袭者的性情，旧的空鞋都有脚……——木心

你的东西都像你。就是说那都是无法隐藏的自己。看一个人的文字，看到人性的可能，看到东方之美，看到熠熠生辉的人性的可能，生而为人，不可能不心而往之。

关于木心：一束温暖、冷清、耀眼的光，照亮着凡尘的夜空。空灵飘逸，翩翩仙子。木心，一个人的文艺复兴。

《智能时代》种种想象与可能：超出了原始人以及后来的智人的认知边界，在改善交通、医疗、通信技术方面带来极大的便利与可能。但作为会思考有情感的生物体，难免还是要过吃吃喝喝的生活，需要情感及情感体验，就是说前面这些只是人类发明来为此提供方便的工具，个体的人的生活仍然是自己的事情，也只能是自己的事情。也就是说"智能设备"不能代替人活着。另外那些对人的情感体验嗤之以鼻的人无疑是真正意义上的"答尔丢夫"，或者已退回为兽族。

书上又说：痴心与生俱来，明哲当然是后天的事。明哲仅仅是亮度较高的忧郁。

可是前面还在西泠印社刻了一枚"痴心明哲"。人可以痴心而明哲吗——应是可以的，或者说明哲的人必是痴心的。此时已经无法再解释下去了，再解释下去就不好玩了。那亮度较高的忧郁是什么——是慈悲，是向死而生的豁达吗？是《樱花与海啸》，是濑户小岛上遇见的"道"。

人对自己要落落大方。

窗外有很多无可奈何的事情，被窝外面也很危险。世运苟如此，不如再读几行波德莱尔：

于是，我将梦见青青地平线，
梦见花园、白石池中哭泣的喷泉，
清晨、黄昏之嘤嘤啼鸣、绵绵亲吻，
梦见田园诗中歌咏的质朴纯真。

任骚乱徒劳地在窗前咆哮怒吼，
却无法让我从书桌前稍稍抬头。

因为我将沉浸于这份欣喜狂欢，
随心所欲，任意召回春天，
从我心底，抽取旭日火轮，
以燃烧的思绪，造就一片温存。

——《恶之花》波德莱尔著，王以培译，
广西师范大学出版社出版

某年夏季，晨起早早来到一个"英伦"小镇书店，其间若无非要去现场的工作，就黄昏时分驱车回家，家的方向在东方，经常看到大大的落日和漫天的彩云印在后视镜中。由于饱读了一天有意思的书，再在绿荫路上看到此境，恍若刚刚从遥远的世界与那里的人、物、风景作别穿越回现时的时空。人车轻盈，行云流水般飘荡在晚归的晚霞与霓虹灯中。

走在河边，忽然觉得河流与自己很亲近，流水也有它的轮回，天上的云不正是河中的水吗——也许我们已是多年的老友。人爱旷野四季是很稳妥的事情，四野寂静仿佛又在说：去找你的同类。由此看出大自然是爱你的。

雨后踩着青青草地，有种想跳舞的冲动，仿佛感受到大地母亲深深的爱意。像是在说：我养育你并深深地爱你，请不要忘记你也是大地之子。阳光洒下，生机勃勃，树与林在无边的自由中自由生长。

"深邃如虚空，炽热如山火。"

所谓的快乐不过是在假里求得一点点真，在真里是没有一丝丝假。人与人之间除去情感链接，其他形式难有意义。

现代其实是很好的，便捷、高效、寿命延长，被动的体力劳动逐渐被消除，这都是古代的梦想。当这些被一一解决的时候，自然会解决由此而带来的其他问题，人类是好玩的生物。巴黎吵吵闹闹一百多年，因为自由如此，思想如此，自由思想的前提是自由言论。说错了和不敢说不是一回事。一直在强调的正确，是一个严重的错误。

成为他人的礼物，奉献自己的宝藏。这是最高的利己主义。

楼下的三花猫我告诉它饿了时候就在门厅等我，这两天回来的时候它就坐在门厅的门口。回去拿来食物，一起去到它用餐的地方，那里果然没有了食物（一般都有食物）。傍晚经常去散步的地方，不知道什么时候来了几只孔雀，运气好的时候总是可以看到，也不怎么怕人，偶尔高飞。我在想，来了孔雀后，其他的鸟看到后心里会怎么想。在鸟界肯定是无法评说的事，所以对此都绝口不提。世间竟有如此美丽、生动、优雅的造物，可以见出造物主心地善良。

手持大戟的撒旦

人间一日飘忽已过，
黑夜背负着恶名，安息芸芸众生的辛劳。

睡下吧，睡下吧，温柔的撒旦是黑夜的使臣。
暗夜布下满天星，虚伪的白昼迷失在夜幕中。

撒旦手持大戟守在夜梦大门前，休憩吧，休憩吧——
与虚伪的白昼周旋奔劳的孩子们。

白昼之神，散布虚假的谣言，百般诋毁暗夜与他是使臣，
光明正大的伪君子，恫吓与蒙蔽是他惯用的伎俩。

值得注意的是即使是众天神也受命运的支配。那手持雷电，搬把椅子安坐在无忧山上看人间戏剧的大神也不能例外。

帕斯卡说人是一棵会思考的芦苇。作为物理学家他自然是得道的。大概明白他的意思，就像我说猫和石头并没有区别。但是我们总归是更喜欢猫一些。

在竖琴面前放下芦笙。

雨声在冬与夏是不同的，冬天雨落寂廖，树的叶子大都落去。大地少了几分回响。夏夜落雨，万籁俱寂，雨落新叶，簌簌有声。雨水便成了演奏家，触摸着为她新生的琴键，扑簌徐徐天籁之音，涤净尘埃。

我说的热闹只是与己亲近的人在一起。我们说要快乐，不是快乐过了就好，是要一直快乐的意思。苦大仇深要么是宗教，要么是政治。虚情假意的快乐是很不快乐的意思。

周树人有很多悲伤的时候，回乡见到闰土，在闰土叫出那句"老爷"时尤其悲伤。

人多的好处是天才就可以藏在众人中。有人问林风眠：你画画用什么笔？林回答：我用毛笔。以后有人问你画画用什么笔的时候，你不要理他就好了。艺术是什么呢？艺术是光明磊落的隐私。

与他（常玉）交好的画家庞薰琹曾经回忆道："人家请他画像，他约法三章：一先付钱，二画的时候不要看，三画完了拿走，不提这样那样的意见。同意这三个条件就画，不能实行这三个条件就告吹。"

"埃涅阿斯请求女先知西比尔，带他去下界见他父亲的亡灵。女先知眼睛望着他，看了半天，最后抬起头来，心里充满希望神的灵感，回答说：你要求的是件了不起的事。但是你不必害怕，我一定让你实现愿望，有德行的人到哪里都走得通。她说完就带他来到地府，指着下界树林上的金枝（生长在橡树枝头的寄生槲枝条），叫他从树上折下一枝。只有手持金枝在渡忘川之河的时候，船夫才肯摆渡。"——《荷马史诗》

人生在天地间，不是天天苟苟且且只知道上班的意思。至于人类是生存还是毁灭这样的事情，更不用一天到晚胡思乱想。最好活得像天地造物中的精灵。有人说：神仙和妖魔都有单位，只有精灵最自由。

"光阴如流水，不知不觉瞒着我们就飞逝了，任何东西随它多快也快不过岁月。"

沿河散步的时候，时间的使者来敲响它那令众生战栗的警钟。正当它得意于自己的威名之时，我一把抱住时间的精灵，扔进命运的长河里，头也不回地走开了。

时间的神祇说不要怪我，我只是要永远更新，永葆青春。这是时间所有的秘密。

夜晚看通灵诗人写下的只言片语，借以穿越到那通灵诗人的隐秘国度。在满园弥漫的沉静光芒中，一个人更容易看到时间，并看到自己的身影。人还是要变得好玩一点，这样无论如何生活总归还是能过得去。即使四野阒寂，天地空灵还有一颗好玩的心为伴。

每个人心里都有一团火焰，一群孩童在守护着它。好好爱她是唯一的办法。

地狱伤不到异教之人。夜晚读兰波，虚伪的白昼被掩埋，留下夜的澄静与真诚。开始读时觉得这不过是一个"疯子"的妄言，慢慢发现日光之下又有几个清醒的人。不过是麻木嘲笑着虚无。

月光是日光的镜子，日光躺在月神的怀抱里休憩。收起狂暴容颜，柔情似水娓娓地诉说着绵绵的盛情，从金色的天神，化作一缕白色的清光，我爱你，我成为你。

天上的明月是恋爱着的日月。

窗外的两棵乌桕树今年又开了满树的花，在冬天会结出满树的棉花糖，小鸟们会来自由取食。植物最知道时间的秘密，它们很沉得住气，慢慢的一片一片叶子生长，一寸一寸地变得强壮。风、霜、雨、露都是它的好朋友，它们知道大地的秘密，接纳风物且有滋养，慷慨大度。

绿野仙踪，水汽升腾。万物隆盛的江南梅雨季，其实别有一番韵味。微风、水汽、朦胧的太阳、植物的葱郁像是披上一层绿奶油，敦实、憨厚、心满意足地矗立在原野、道路、小径，每一个大地的缝隙之上。它们沉默不语，以旺盛的生命力，卓越的身姿来表达对生的热爱。

很多事情只适合远观，森林如是，人海如是。人迷失在密林之中所想的，也是迷失在人海中所思。

纵身跃入森林，与纵身跃入人海都需要勇气。在森林与人海徘徊也需要一颗冷冽清醒的心。往前一步有踏入深渊的危险，往后一步众生布织的层层叠叠的罗网正在等待它的牺牲。游离、缥缈、虚无、几行波德莱尔，正是兰波求而不得的秘境花园。

生如朝露，何以为真，草木枯荣，野火春风。
生命是什么呢，是繁花似锦的一片荒芜。

看着晨光渐明的天际心里哼出歌谣：晨曦正在慢慢染红阴云，大地发出隆隆的声响。群鸟在歌唱，天光渐开，这尘世的欲与情正是我们心里的真光。

"凡能从诗意中感受到崇高的快感者便是诗人，哪怕他生平从未写下过一句诗。"

只有在人多的时候，才会有孤独感。置身于大自然中或与心爱之人在一起的时候只觉得天地万物皆可爱。晚风送来荷花的甜风，青青草地的缓坡上几棵美貌的树。大地生养并深爱她的孩子们。沿河散步，粼粼水波不停地向东而去，那似乎是我们不可更改注定的命运。

流水经过，滋养河的两岸，我们来过要滋养什么呢？来过，便不想漆黑一片地离去。要成为人，要照亮自己，要闪闪发光，成为自己。在成为自己的路上已经闪闪发光，照亮自己。

看着河两岸的屋子想到建筑之美。建筑美几乎是一切人为形式美的终极，由于近代建筑美学极其堕落，以至于整个形式美的堕落。从明朝往前中国建筑都是美的，后面逐渐堕落，遗留下来的唐宋遗迹更是潇洒飘逸。形式美的堕落，由此影响了人们的审美，并衍生出一系列问题。

面对一条清澈的河流，懒懒地坐在长椅上——杨柳与东风轻轻演奏，岸灯映出金色的波光，闪闪生辉，悠然而缓缓地流动。此时此刻，无欲无求的快乐，是极致的快乐。想到一些不着边际的人与事，那些似有似无的牵挂，虚无又真实，也很快乐因为付出去的是自愿的真情。

我们对望了很久，她说：好了，你可以回去了，谢谢你来看我。

带上耳机沿河而归，音符缓缓流出，众神都沉默不语。那些声嘶力竭、欲言又止也无能为力的话语，都随着音符娓娓道来，响起便寂灭，无形无迹。它是道家的一，是佛家的菩提树，是仲尼的颠沛流离。

没有音乐我们将一事无成。

所谓的文明，不过是不管有多喜欢也不做过多打扰。有些人总是更优雅一些，说话的时候总是给人以余地，明明自己心里很是着急，却总能带着几分矜持，让人舒适和欢喜。

对人有所求，很难在交往中完整地展现自我。在没有完整自我的交往中因为少了真实，因而无法生动，这是很辛苦的事。物什因为稳定、持续拥有不变的内在，往往喜欢的人会分外怜惜，拥有好情人般美好关系。

人总是有欲望、羁绊、痛苦、挣扎、爱与思念。要想活得好一点，又要时刻保持敏感，身体和思想上的。保持味觉上的敏感是为了更好地体验食物本真鲜美。保持思想上的敏感是为了体验本真生活，让自己活得鲜活而有知觉一些。保持情感上的敏感其实是保留可以爱的能力。

由于人们想得到无缘无故又心满意足，永世不变的"幸福"，在幼小时大人告诉他们幸福来自他人的给予，又教他们在他性的世界中强调自己的他性属性。于是在整个成长过程中，从否定自我的困惑到获得实践的可能，他成了任何人的，唯独不是自己的。

当有一天发现大人和他者承诺的幸福给予他时，他内心还残存的一点，自我感受告诉他，这并不是他想要的。也未像他们口中说的那样"幸福"。可是他既不敢质疑也不敢逃脱，他想自我终归是虚幻无用的东西，还是安全最重要！

于是生活的骗局开始了，一方面要装着很"幸福"，一方面又拼命地把这幸福表现给别人看，以此来肯定自己的生活。可是谎言总归是谎言，总是觉得有一双眼睛在时刻看着自己，于是这双眼睛成了敌人。当一心想扼杀它又快得逞时却觉得很痛苦！因为它就是心里残存的那一点的自我。于是我们不再理它，竭力地逃避它——在生活中寻找一点点希望，哪怕它同样虚幻，只要不影响现实的安全就足够了。

活生生的人，活生生的感受，我们无法欺骗感受，亦如我们其实也无法欺骗生活。

"风吹白云，在峰头分别了，是绝无情分的你的心吗……"

看平安时代一千年前人的手记《枕草子》，那时的人们似乎也很自由，很多生活日常都以唐人、唐式为尊贵。唐人有婚而不娶的习俗，自由恋爱后，男子到女子家里过夜，暮与朝出。总是有怨夜太短的情人，说被子还没热乎天就亮了！很是有意思。可能是因为有分离的时刻而相聚显得更珍贵吧。

《古今和歌集》卷五有纪贯之的一首和歌，其词云：威严的神的墙垣上，爬着的藤萝也不能与秋天违抗，转变了颜色了。

勤鸟晓唱，声惊明王之眠。南风易动，少艾之心。只能是少艾之心吗？真是秋风萧瑟。

找个有趣的人，一起去吃点不三不四的东西，是很快乐的事情。

每年春天都能见到一棵长在神院里的玉兰花，只在今年做了祈愿，愿世间没有比较，愿世人都有美食。哲人似乎建议我们用最大努力创造财富和追求个人幸福。然后他又建议我们，不要对任何东西产生依赖，为的是得到最大限度的自由。

有人问：人为什么要有理性？
因为人已不是禽兽，需要用理性指导天性去生活。

问神仙：有什么工作不用费力还能挣很多的钱？

神仙说：即使做梦，也是要费力的，所以不存在。

春夏交替的夜晚出来走走，想到一些美妙的事，带着些许凉意的风，干净潮湿的空气，有种孕育生命的力量，白天和夜晚是两个世界。去到那美丽的地方，与那如刚出世般赤诚的人来往。在花园台阶最前端立块石牌："没有忧愁的人可以进来。"可是人来了，忧愁就也来了。小忧愁就是有趣的意思，大的不行。

他什么都不干，心里在想些什么呢？是晚上的宴席，还是哪个风情的女子呢？"男子年少多轻狂好色，竟做那水中捞月空欢喜之事。往往又为了能让肉欲多少有些诗意，干愿受苦付出那无尽的真情，把那倾心之人，幻想完如天人。"

虚幻的梦，真实的生活，幽闭的心难掩炙热的春光，南国留梦，少年轻狂。

吹散乌云的美音：风铃系谷，残红将尽。在一片开满樱花的山谷，有人将写下愿望的风铃系在开满樱花的树枝上，随风飘动发出美妙的音符。

生活中尽量不与任何人纠缠，朋友在时心怀珍重，到了分别的时候也不过多牵绊，仍留余情。工作中纷争喧吵在所难免，转眼即忘，常留宽容之心，能在一起做事又相处融洽是一种幸乐，往往事半功倍。

酒店楼下放了几樽琉璃艺术品，似海浪一般晶莹剔透美轮美奂。一群酒后的人在那儿大声喧哗，争执不休，真是委屈琉璃君了。

艺术作品的美与境界，需要反映艺术家的真实内心世界。

酒鬼喝醉了，难道能怪酒吗？酒鬼是酒神唯一的仇敌。

不知道从什么时候开始，正儿八经、装模作样地在外吃饭已经是极力避免的事，觉得很辛苦。人们其实更多的不是喜欢喧闹，而是害怕独自面对自己，一个人的时候难以避免地要独自思考，这正是人们厌烦的事。

傍晚去到佘山散步，看见众人匍匐在地上，不明白他们为什么要跪着和上帝说话。难道就不能像个朋友一样，勾肩搭背地谈谈心吗？我爱世人，也不一定非要世人都爱我吧？

"人哪，先追逐的总是享乐，然后他又恳求被痛苦赦免。再然后他又央求一些小小的解药，来麻木那些痛苦，之后他会请求让自己昏然入睡，末了在征得法官的首肯之后，他会要求给予他死的自由。"——艾米莉·狄金森
很显然狄金森先生是绝望派。

每天看天空的云，每天天空的云都不一样。窗外风不止，树不静，不知道树是否会觉得疲惫。日光之下人如沧浪，澎湃而混乱地交织在一起，如在喧哗中行舟，一叶飘扬。谁是您的彼岸，你又渡得了谁——这就是在佛顶山见到一块石碑感动不已的原因。石碑上刻着"共渡彼岸"，众人去寺院内朝佛，而我独自对望这块石碑。

有些事，要多说多解释为的是让听的人安心，给人以信心。有些事，只可默默地做，给人以结果。
"赠予一个人最好的礼物就是对她说话。"

自制力，是德性和善的基础。我看到，如同那些不锻炼自己身体的人就不能胜任体力活计一样，同样地，那些不锻炼自己灵魂的人也不能胜任灵魂的活计。因为他们既不能做所必须做的，亦无法克制所必须克制的。——苏格拉底

有时候保护身体更多的是保护自尊的一种方式。好的皮囊和骨骼能增加灵魂的有趣。**轻盈的灵魂拖不动沉重的肉体。**

人们往往用赞美来隐藏自己的观点，辩论如果不是以友好的方式也只是争吵的一种形式。在友好的讨论中双方都是倾听者，在意的是对方的评论和看法，试图理解并说出自己的真实想法。

"友谊只存在于善良而高尚的人们之间，在这样的人之间尽管有意见的不同，友谊却仍能继续存在下去。"

"我所羡慕的是，独自散步、来来去去、坐在杜伊勒利花园长凳上的自由。没有这种自由，就不能成为一个真正的艺术家。你以为有人陪伴，或者到卢浮宫去，必须等她的车、她的女伴、她的家人时，女人就可以享用她所看到的事物，那是太天真了！女人缺乏的是自由，没有自由，就不能真正做到有所作为。由于这种愚蠢的不断的妨碍，思想受到约束——这足以让翅膀垂落下来。这是少有女艺术家的重大原因之一。

事实上，为了成为一个创造者，自我培养，也就是说把看戏和知识融合到自己的生活中是不够的；必须通过超越性的自由活动去掌握文化，必须让精神连同它所有的财富投向空无的天空，并且移居那里。

如果千百种联系把创造者滞留在大地上，创造者的冲动就破灭了。无疑今日少女可以独自出门，在杜伊勒利花园闲逛；但我已经说过，街道多么敌视她，到处有眼睛和手在窥伺她；不管她是昏昏然地漫游，胡思乱想，不管

她在咖啡馆的露天座位上点燃一支香烟，还是独自上电影院，随即便发生不愉快的事件。她必须通过打扮和衣着引起尊重，这种操心把她束缚在地上和自身，翅膀垂落下来。

托·爱·劳伦斯独自骑自行车在法国长途漫游，人们不会允许少女投入这样的远足，她更不可能像劳伦斯那样一年以后徒步到半荒漠的危险地方去冒险。但这样的体验具有不可估量的意义：正是在这时，沉醉在自由和发现的个体，学会把整个大地看作他的采邑。"——《第二性》，波伏娃著，郑克鲁译，上海译文出版社出版

记得她是你的朋友、姊妹、爱人、母亲……

一个人吃再好吃的美食只是填饱肚子和寂寞而已。食物等同于爱的属性，需要给予和分享。我们的喧嚣一刻不停地填满自己，是生理上的饥饿还是放弃思考后的报复。她说：不如早早相逢，不如喝酒，不如夜游。

地铁里一个女孩说：反正只能活一次那就活得有意思一点，那我就学习哲学和修辞好了，这样一定找不到工作……

屋子上方的天空，落日的缤纷，是不是我们注定的命运。

夜梦与友人踏乡间寻游，见秋草枯叠，点野火以待春风。远观风长火盛，恐殃及农家院舍，又观有小河阻之，且安。但仍有余心，携友人前往欲灭之，忽前路突陡竟如刀峰，翻越绝无可能。心急如焚，奈何？见东方有明光，何不绕道前去，立东行，数步之后忽见天际升起两颗蓝色星球大如环宇，湛蓝绮丽。梦境之美难诸笔记。梦醒。悟入现世，岂不如梦境一般。

每当遇见欢喜的人，总是想推荐所喜欢的书给她。华服美馔转眼即空，流进心底的寂静与美或许可以不断地滋养我们前行。人总是无法逃脱孤独，因为我们无论如何挣扎始终无法逃脱面对自己。在我们与内心对白的时候，那些清静与美的事物也许是最好的伴侣。我们又总把喜欢的人想得比实际更好一些，把不喜欢的人想得比实际更坏一些。没办法，这就是人性。

所谓的美只不过是：目及之处并无浊光。

"她说从十六岁开始男人们都说爱她，可是当她需要帮助的时候，他们都又消失不见了。"

费里茨·朗在制作《西格弗里德》时在工作室墙上挂着这样一句话："这部作品中没有任何东西出于偶然。"这是所有伟大艺术的箴言。

那些特别大的天才就是那些掌控偶然的人。亚里士多德说：诗比历史更重要，因为"历史叙述已发生的事，而诗描述可能发生的事和应当发生的事"。这是文学的美学原理中重要的一条。

"一般老实人最不喜欢个性，凡是没有个性的东西，他们都认为高明。他无法想象一个人的不肯随波逐流竟然是出于真诚。"

人生第一应尽的责任，是要让人觉得生活可爱；但是，对于有些人来说，所谓的职责，只有让生活变得丑陋、无聊、讨厌，只会妨碍到他人的自由，只会伤害到邻居、仆人、家属，甚至自己也受到折磨。万能的上帝呀，保佑我们就像避瘟疫一样，远离这样的人和他们所讲的职责吧！——《约翰·克利斯朵夫》罗曼·罗兰著，罗倩妮译，北方文艺出版社出版

闲来无事，坐在广富林的城垣看落日，看阴云散去的落日。阴云总会散去，慢慢地天云散开……

福安寺敲响了暮鼓，愿每个人的心中都一片光明。看着西沉的红日，有一种无可言说的幸福。想到世间的文字一定是偶数，因为一切都是相对存在的。

明月在前，落日在后，不如相依为命。我爱你最怕的是没有翻越氤氲无明的山峦，没有漫长的等待，没有无常的波澜。

我们终归要为我们的理想而奋斗。就算有一天并未实现，那么你也要快乐地生活，这样最少证明你尽力了。——高特弗里埃

重读一本书就像重新认识一个朋友和自己，曾经自己无知，无法理解朋友的全部世界。如今我们是彼此的知己。就像一个彼此相爱的老朋友享受了一段相聚时光，告别在即，温情依在，心起涟漪。总会在心里默默地说："我

将永远爱你。"

　　送人一首歌，一本喜爱的书，一句诚实温暖的话都是过于贵重的礼物，贵重的礼物不要轻易赠予，也许对方还没有做好准备。

三、燃烧虚无的火

"我不是万物，我是能够征服虚无的生命。我不是虚无，我是在黑夜中烧毁虚无的火。"在你的身体里我看到了燃烧虚无的火，而在他们眼里我只看到了虚无。

"上帝说：可怜的孩子，你到地上去有高山大海，怕不怕？亚当说：不怕。上帝说：有毒蛇猛兽。亚当说：不怕。上帝说：那就去吧。亚当说：我怕。上帝奇怪道：你怕什么呢？亚当说：我怕寂寞。上帝低头想了想，把艺术给了亚当。"——木心

亚当低头想了想说：我还想要个女人。

她说神创造了女人，使神的创造达到了高峰。我也觉得从那之后再也没有比这更神奇伟大的创造了。

如果真有神灵，她一定是孩子的模样，背负着光，照亮前方的路。

行走在神奈川乡野的密林深处，脑海里浮现出物语里各种光怪陆离的古老故事。虽然天生辟邪，也难免心有忐忑。忽见仙子（水仙花）在侧，始知已在人间烟火中。有人说水仙花是美少年对着水中的倒影发现的自我，由于过于迷恋自己的美丽变成了水仙花。这个季节又不知正在哪个少女的房间扰得人家无眠。

月银如盘的夜晚，一个人走在回酒店的路上，夜已深，山谷寂静，空无一人，树影在月光下像一个个森严的守卫，远山在层层叠叠的薄雾中。

走到一个崖壁边的高台，星星点点的晚灯映照在山谷逶迤的小路上。内心喜悦，无从由来，是高树，是远山，是晚灯，还是远方的你，我已分不清。那是生的喜悦，是情感集成灵性生命应有的欢愉。

后来对你说，时常想起那个夜晚。美妙的生命还在盲目地延续着，山谷中的晚灯还在等待着夜归的旅人。

喧嚣作别，走进秘境花园，享受每一个与神为伴的日子。花园外贪恋的

也只是另一处花园。

"你见过充满欲望而能对彼此长久忠贞的人吗？没有。"
"你见过追求欲望满足而能不受伤害的人吗？没有。"
"你见过欲望强烈而不遭遇痛苦的人吗？没有。"

情深似海，不得自由，不如共渡彼岸。千里不远，相映生辉，何须日日夜夜。有的人是一扇窗口，一面相互映衬的镜子。

弄绿绮之琴，焉得文君之听。濡彩毫之笔，难描京兆之眉。瞻云望月，无非凄怆之声。弄柳拈花，尽是销魂之处。

声色娱情，何若净几明窗。

每次去杭州都觉得宋的风骨还在，真是奇迹。经过千年的风雨洗礼，杭城依然恬静优雅。当年蒙元兵临武林，邻国举国悲伤，从皇帝到平民着黑衣为宋戴孝。哀叹从此再无中国，殊不知中国从不会因一个或几个暴君而消失。那灿烂的文化基因早已融入千千万万个中国人的血液里。

有时外面的风景只是一个背景，几乎所有的风景都是一个背景。重要的是看风景的人，如果肉身和心灵无处安放，所谓的风景是无味的。我们之所以觉得好看，不过是我们内心快乐的外溢。浮华流光，眼中一抹红。

"水镜蒲鞭生聚万家乐花日，梯山航海登临千里笑春风。"幸步香积古埠，乱风吹来舟，我就这样上去了……有人说：春天是生命的狂欢，岂不知生命的本身就是一场狂欢。没有我们这些活物，天地之间只是一片虚空。

去到别人指出的风景，多少都有一些乏味，风景要自己去探寻。很多事情都在偶然与必然之间徘徊，在这之间我们的选择是唯一的道路。冥冥之中有众神的规则，选择是人的神性表达。

心里空一点才能容下一片山川。生活有时并不会善待我们，所以我们要去创造生活。天生对一切都容易产生兴趣，又陷入了对未知的贪念。后来有人说一切普通的欲望皆与幸福等同，也算是一种安慰。

我们的文明行为，以及对他人的善意和信任，并不只是为了方便别人或者让别人舒服，而是我们自己对生活的敬意。

一般要别人保密的事情，就什么都不要告诉他。

问：爱情是什么？

答：爱情是玫瑰花和金项链。

这是别人的爱情不是你的。

那爱情是一腔热血。

一腔热血不会持久的。

爱情是双手奉出，诚惶诚恐。你能做到吗？

在某段时间是可以做到的，在我一腔热血的时候。

在被设定的前提下，做出的选择是接受他人给你的结果，最好是相同特质彼此靠近的一个过程，在自然的趋向中完成，前提是真诚对自己和靠近的人。最终是不会有选择，它是一个必然的结果。

岜沙人在一棵大树下举行婚礼，双方喝完交杯酒就是夫妻，这是很浪漫的事。在孩子出生的时候会栽下一棵树。老去的时候这棵树会是他的归宿，在旁边会再栽一棵树，以示生命的循环。

在落寞的人间，只有去爱才有获得快乐的可能，没有其他办法。法华经上说：众生都具有佛性，都可以成佛。其实佛的世界或许也很无聊，热热闹闹的人间正是我辈的游乐场。人们总是想着要上天，可是天上空气稀薄，白雪皑皑。

艺术给这个世界一点盐味，在昏暗的世界涂抹出一道道色彩，这些色彩好似没有实用价值，但它表现精神与美。精神与美会传达出力量，而这力量可以点燃希望的火。希望是很贵重的东西。

好看是第一生产力，我们所做的一切努力，最终目的可能都是为了让这个世界变得好看一些。

理性和记忆都是洪流，既不能让它们把我们带走又要借助它们的力量前行。

鱼也有喜怒哀乐，只是鱼一直往前游，把它们甩在身后。

有时候你觉得很累，不过是因为你想抓住每一个你爱的人，你想看到他们幸福。你可以想看到他们幸福，但必须任由他们去走自己的路，也许走自己的路正是我们说的幸福。

我说：拿什么去生活，我的朋友。

她说：光靠忍耐过不完一生。

我说：提前"死亡"是可以的。（精神自残）

她说：那真不如死。

提前"死亡"是可以的，就怕夜深人静那个复活了的自我。

某君说：都是房子，高楼大厦有意思吗？我觉得没有意思。另一个说：不适合散步的地方，不适合居住。我觉得我应该搬家了。

窗外吹着南风，万事如意的样子。万事如意，不过是无视那些不如意罢了。

遥望前十年混于混世，二十年杏花树下。他日长住小隐，子期与你可来访我。

你看那人满身都是"奢侈"品。除了人之外并没有奢侈品吧——是呀，活着不是为给别人看是可以活得更开心一些。美丽的头发和干净的天空也是奢侈品。

我们需要自由和允许不同，自由正是允许不同。创造源于自由的思想和身体。人类还处于婴儿阶段，在哭闹疼痛中曲折蜿蜒地前行。

不必重视我的智慧，

正若混沌之可鄙弃。

与你的麻木相比，

我的虚无又算得了什么……——兰波

诗神和月神爱意正浓，

点亮了黑夜。

酒神飘然而至，

朋友这个时候怎么能少得了我。

诗神醉了。

对着月神说：爱我吧！

比起他们的麻木，

我的虚无又算得了什么……

木心说：脆弱的人心难免要有合法的娱乐。

基督说：人带着原罪来到世间，活着是一场赎罪的救赎。

尼采说：上帝已死，一切重新估价。

人最大的问题可能是既脆弱又容易轻信。

弘一法师与友人同登雁荡山，两人不语，澄心滤怀，一片空灵。友人见弘一似有所思，便问：何所思？弘一答：人间事，家中事。不久弘一法师便圆寂了。我想他是可以进天国的，因为他心里还有爱。

姑苏归程路上听程小姐的歌，像是山涧涌出的泉水，清澈地融入自然，淌进耳朵。车窗外的天空飘着野生的云，痴笑着人类的捕风。

《玉兰赋》：夏至东南，热浪如潮。短衫、缦纱、俊女、美男、招摇。风中香奈儿，怎比玉兰花？玉兰花又以老奶奶卖的最有诗意。垂垂老矣，银发枯骨，白色玉兰花三五连为一束，放在已沾染岁月颜色的竹蓝里。以干净的湿毛巾掩盖，保存其香气和水分。挂在手腕上或放在脚边的竹篮里，拿出几束以色香诱众人。

我是每每经不住这般诱惑，上前以笑脸佛心讨来，老奶奶以笑脸佛心相送。美哉、美哉。若正巧有好友在侧，送与友人其快乐倍增，满心欢喜。

看着外面的天空，想起了梅坞仙女送的"祥云"香。点燃一朵祥云的时候，又想起了良渚山边那个写下《心香》的人。人与人之间去除功能性之后，情感的美好一面一一显现。

"我们总是更珍爱英明聪慧的朋友。"

有一次去杭州，朋友约在灵隐寺附近吃素餐，地方幽静却客人如织，餐厅环境如同宋宴。同餐的朋友们可爱，生活各有不同，但都非朝九晚五之人。朋友出金句"闲人只能与闲人做朋友"。说得极是。

餐毕去到灵隐寺拜谒寺里朋友的画展，虽年纪渐长，也时有狂妄，诸佛常以兄弟相称，想必那如来慈悲大度，并不与我计较这些虚理。行到灵隐最高处画展现场，悠悠闲闲无所用心，抬头见二位师兄站在门口相迎，一时大为震惊。想起某年在奈良面馆见到的出家人，面如明镜，眼如秋波，形状冉冉之玉山。如见观音，如见达摩。

朋友几人分开观展，画展上的观音与达摩技法高超，远超期望。后来得知大多出自二位之手。展后去到梅岭朋友工作室，喝茶聊天，时值深冬，暖炉香茶，闲谈无功，潇潇洒洒。抬头见山峰远景，银杏金黄。主人贤淑待人如亲，淡淡友情，多有珍重。

茶后，随行的朋友提议一起去另一位蛰居的朋友家里做客，夜幕已深，怕有打扰，朋友说，朋友已经在家等候，欣然同去。蛰居的朋友据说少有外出，家出名门。喜爱收藏观音古画，据说已有六百幅之多。入门见室入禅室，茶已在案，时光倏忽夜已深。辞别蛰居的朋友送友晚归。

一个人开车去向良渚夜宿，因为一个偶然的机缘，晚上投宿于竹径幽宅朋友的工作室内。因夜已深，与工作室的人沟通后，一人入住山边一栋独立的房子里。进门之后一种别样的气息，一束大大的百合花，放在桌案，室内挂着精美的藏式佛像，后来得之均出自主人之手。

第二天早上去到玉鸟集吃早餐，后准备离去，在出发前看了一下手机，工作室的主人发了消息，请过去喝茶，本已婉拒，后又觉得应该赴约，折回去到另一栋独立的房子。主人已候，见面如喜。我被带到山边茶室，两人对饮。主人是一个难以用言语话说的女子，估计是与她长期的旅居生活有关，与藏传佛教渊源颇深，但又可以见出活泼天真。话似无尽，分享些许，转眼已到午时，告别时，送我一本她自己的书，并签上名字。微小的举动，让短暂的相遇多了几分郑重。如实记下二十四小时内的游记，也是一种对朋友们、对生活的郑重。杭州于我总是很奇妙的地方。

夜，神游至汉、魏晋、唐时的洛阳。见寺院林立，草木葱郁，朱荷立池，绿萍浮波，飞梁跨阁，高树遏云，玉凤衔铃，金龙吐佩。古都之风，似京都之影。前读日本古籍和同时代中国遗作竟如此相似。

忆往事淡如野墟炊烟，也有片段飘入深夜酣梦。记忆本身就是一场幻梦，那些你走过的路，去过的地方，陪伴过在身旁的人，似乎在一转眼就飘散不见了。**有时并没有时间告别，告别是珍贵的礼物。**

记得读过一段古人送别的故事，送了一程又一程，被送的人又回送送别的人，不肯就此诀别。当时年少无知，觉得古人这样实在荒唐。后来看到杨绛记录送别她心爱人的文字，泪水打湿了眼眶——"**我陪他走得愈远，愈怕从此不见。**"

很多我们曾经无比珍视的东西，都可能转眼不见。誓言是软弱的，誓言有时是面对自己软弱的一种妥协，也许最后未能遵守誓言，但充满人们的善念。

两只白鸽落在晚霞照映的楼顶，霞光之下像极了云的信使。

秋日远游一路苍翠，时有金黄的稻田，远山薄雾轻绕，好似人间乐土。久居城市，与自然陌路。浸染在霓虹灯与喧嚣之中，见行人匆匆急与利往。偶有不愿与之相见之人又不得不见，厌之心由起。意欲避世而居，寻一小山秀湖，建草堂三四间，前庭栽桃李，后院种豆、植菊，懒狗肥猫与霓虹喧嚣划清界限。偶见乡野似与梦境同，驻足停留，见居民闲适，黛山碧湖，老狗伏地双眼低垂，一副与世无争的样子。

四处游荡见物实人朴，心思想如来此处所需仍多，人已非禽兽难以独自生活。而草堂意梦，也绝非易事，身已在浮华日久，劣性难易。庭院内必舒适冷暖如意，繁华已空梦，草堂梦也侈。

荒唐的是有人读书都认为是真的，更荒唐的是有人读书都认为是假的。**有时候我们努力赚钱，只是为了可以不理睬那些我们不喜欢的人。退往山野多是虚假的乐园。**

这世上最好的东西莫过于：书与夜。

窗外似火，夜深蝉鸣。室有清风，吹冷我身。安于东南日久，外事茫茫无知。友至相随少时，方知他处洞天。明明我心忧忧其深，山河常色，唯世事无常。

某日到校园闲逛，门口处竖起一块新牌子，上面写着某个称之永恒的"真理"。淡然一笑，从牌子的侧面登上那有亭子的小山。写到这里想起了凡人眼中的上帝，据说他是不死的神明，给人类立了很多规矩，还给人类送了一个十字架。我是清白无辜地来到人世间，自然不需要他的礼物。我想天国要是有的话，他一定是在葡萄藤下忏悔。人类的愚蠢主要体现在"圣经"的注解和创造神明并轻信上面。大大方方的自己活着倒是还可以有几分荣光。

　　有人说："人们崇拜上帝和养宠物无非是想得到一点爱罢了。"有时也觉得过于苛刻，毕竟人心是那么脆弱，需要爱与安慰，哪怕带着本质的欺骗。再后来，当想说一些事情的时候，更多的是掏出糖果，真相不重要，重要的是有安慰。

　　以前的"神"都活在人们的心中。自从自作聪明的人们修建起宏伟的庙宇，塑起金身，神就活在人们的眼中，心中就没有什么神了。

　　窗外最近时常飘来天籁般的牧笛声，悠扬婉转。我时常借此神游山间田野。心想千万别让我看见吹奏者。偶经小径，笛声忽起，想避开已无可能，才发现现实的残酷。

　　晨梦游旧城，见故友几人。聊人间烦琐之事，以慰久别之情。太湖斜阳映于山水之上，炊烟偶起岸上人家。遥想元末明初之际倪云林散尽家财泛舟湖上。与友神游，兴步田园山野，忽见枯山之北，草木枯黄，缓坡之间一片红梅独自开放。红梅古树遒劲有力，数顷之多，墨黑的枝干映衬着绛红色蓓蕾。梦醒，亦非梦，此处尚在，人间名曰"香雪海"。古人在此栽梅，位于太湖之滨，始于秦汉，世代不绝。

　　此时正是泛舟湖上的好时机，我与倪公心是相通的，奈何只缺一叶轻舟两壶好酒。肉有饱时，酒过丑态出。情深多伤，物丰而无用。唯美滋养身心，永不枯竭。

　　有时我们对同类太苛刻，忘记了我们都是有机体。

杨柳依依

我见杨柳依依，不敢抬头
那似你曾飘过我脸颊的青丝

我遇雨雪霏霏，不敢抬头
那似我曾见过你眼中的泪花

我见路上少年迎面而来的欢笑，不敢抬头
那似我们共度过的青春

我怕春天来得太早，每株绽放的花朵，都像我曾经对你炙热的爱

我不愿秋天走得太早，那是你的季节
我愿永远没有冬天，怕寒冷使你不见

不知千里外的愁
不问人心的鬼魅
安做浮世之逸民

小小的身体，步伐轻盈
踮起的脚，握紧的手
可否一起嬉戏这欢乐的人间

日子周而复始，似乎没有尽头。C 君系红绳于青丝，以示对人间的眷恋。

与朋友一起在杭州一个叫龙潭的地方登山，在陡直如天梯的石阶转角处，我对茶园旁的一块赤色的石头说：天地苍茫，我们都是您的过客——来过，那山、那园、那天边的云，都可以不是我的。

"一艘小小的帆船在天边颤动，它渺小而孤独，恰似我们那不可救药的命运。"

生活山高水阔，各自坚守，各自自由。

金银珠宝有意思吗？一点意思都没有。在我眼里还不如一条喜欢的人的花裙子。有时我们保存下一些东西，只不过是想留住一点爱而已。恋物、爱人都是苦的，正是这份苦，完成了人生。世界的一切荒诞诋毁都是不可信，唯有我诚惶诚恐地说爱你的时候是这尘世唯一的真。

这如野风过幽谷的一生唯一能享受的唯爱而已。爱是心底的一盏灯，让我们熠熠生辉的光亮。时时照护，因为灯灭心死，一座寸草未生的荒山而已。

何以解忧？

唯有连绵不绝的爱，唯有长相思。

在中国设计博物馆看到了"巴珑"，还有那句"装饰即罪恶"。

大自然的美是因为没有多余。

审美不过是一个人内心的映衬而已。

人老了有的会重返幼童，也不再认识太多的人。只认识身边几个最亲近的人或者只认识某一个最亲密的人。这样的老人有的还会称呼这个人爸爸或者妈妈。在老人的意识里她回到了小时候，是一个孩子。其实这样的老人是幸福的。游玩的路上遇见一对温情的母子，母亲九十有余，他们让我帮忙拍照，交换了联系方式。后把照片给到他们，他们谢谢我的照片，我谢谢他们的温情。一个人对孩子的态度并不能说明他是人，禽兽也很爱孩子。一个人对老而无用双亲的态度可以证明他是一个人。

我们路过的人间有大风和乌云，我们不理它。我们遇见明媚和灿烂，爱与光明时我们记住它。

记得前面带母亲看牙医，拔好牙回来的路上，母亲一路紧紧拉着我的手，老朽的脸上看到孩童般的眼神。那一刻忽然想起在我小时候，我就是这样紧紧地拉住母亲的手。好像女性随着年纪的增长，会越来越豁达开明，返璞归真。也许女性会一直保持开放的心态，更加包容与接纳。

城市是人类按照理想建造的乐园，人类总是过于理想，又容易迷失在理想中。野地里的百合花，它们也不纺织，却穿得很华美。比较好的是在一堆植物里养几个人。

沿着龙井村散步，一路走到九棵茶树的山谷。时值深秋，雾气弥漫，溪水淙淙，拾阶而上。半山歇息时回望，惊见几棵香枫绯红、漫黄杂染一树，萧瑟、凄美地矗立于大雾中的半山悬崖。大喊，万籁俱寂，有美必伤。山谷里山雀唱起婉转啁啾的歌，仿佛是山精的回响。

我说：命运强大到没有对手。

她说：命运是一切的对手。

冉说：天网恢恢，疏而不漏。

然后又补刀说：天地不仁，以万物为刍狗。

跟宇宙谈道德，就像与猴子谈道德一样，宇宙和猴子都没有道德可言。在宇宙面前，天地都不过是刍狗。所谓的道德就是人类的理性控制了天性，形成的自我意识和自我约束，并守住这点底线才有了道德可言。

杭州的朋友说：昨晚我写字到很晚，隔壁弹琴到很晚，奉城的朋友说弹古琴到很晚，你看书。总之，夜很美，很丰富，每天都不忍睡去。C君说还可以喝茶、听风、听雨、看夜色。我大概想了一下晚上不干这些事情，实在想不出还有什么事情可以做。

我们总是无耻地说着我，可是说别人更无耻。要是诚实地说说自己，也没有设想自己高人一等，可能也就没有那么无耻了。相待两不厌，唯有暖灯黄卷。好酒、瘦友，聚散离别，一场人间事。

满月随意挂在天边，遇桂下三只猫君子，追逐、嬉戏少年不知愁的样子。作为人，我们白天难免要做一些愚事，说一些晚上想想很抱歉的话。是的，我们喜欢互相伤害，由于我们的狂妄自大和绝对的自私，我们口口声声说爱高于一切！可是我们遵守的原则是："于己有利时无须爱人。"猫君，虽然你是只禽兽，愿你有个坦荡的猫生。

流于形式而疏于心。时刻检查对身边的人是否足够周全，及时为自己的愚妄致以歉意。记得时刻感谢，对人永保善意；记得人生的无常，保持坦荡。

人心是很脆弱的，如果把车站的保安和小学、幼儿园的保安拉到一起，你就会明白环境对脆弱的人心有多大的影响。

兴步孤山，见东汉遗石乐伎舞者。巧遇北宋诗人、隐士、梅妻鹤子林逋，得四枚西泠赤色远山彩云印，微小的人间已足我乐。闲逛时，想起东山魁夷在生命的最后几年作品里总是有匹白马。这匹白马想必是这位经历一战、二战的大地之子，在自己理想的世界中畅游。荒诞不经的世界，唯美有深意。

世人都喜欢白马，可是世上的高手都是骑驴的。

"庄子有一次散步归来，朋友们发现他一脸忧伤。他解释说：刚才看见一个妇人伏在地上，用扇子扇一个新坟。我问：你在做什么？那是谁的坟墓？那个寡妇回答：那是我丈夫的坟墓。我再问：你为什么要扇它？寡妇回答：我答应我丈夫在他坟墓未干之前不再嫁。但现在下雨，而这些日子天气真令人讨厌哪！"

朋友问上海下雪了没有？我说，上海是个无趣的城市。后面稀稀疏疏落下一层薄雪，也就觉得没有那么无趣了。不够南也不够北的雪，是捧在手心里的雪。

听到一个人问：上帝创造各种物种，然后又灭绝它，是为什么？我在心里默默地想：是因为上帝太闲了。

把礼物放在祭坛前，先去同兄弟和好。上帝唯一的箴言是：你们要彼此相爱。

人类只是不怎么听话而已。

佛陀深知一切都是转瞬即逝的，告诫弟子摩诃迦叶和阿难不要企图保留记忆，包括佛陀的告诫。深觉人所能即刻拥有的也不过是残存在记忆中的一切。意识与记忆消失后一切归零。

深夜晚归，时逢大雪，白雪落在一簇簇竹叶上。小心折竹枝同归，放在案头。转眼片刻，雪如春梦了无痕。

寒冬有它的深意，收起了人们的狂妄和无知，引起我们的深思。那些靠近我们，温暖我们的是人间缓慢而诗意的热情。

四、暖律宣晴

廊庭前美丽的香枫，应着时节变换着颜色，在它的眼里，我们这些忙忙碌碌的人类一定很奇怪吧。看一千年前的生活，人们还有余地，有郑重的道别，道别后还会遣人追上那个离别的人，再送上有感而发的诗歌。佳偶来访伫立于庭院外，以笛声传音，心上人室内以琴曲相和，心驰神往。那时还有盛大的节日，有时节的祭典，有避忌，心中有神明，还有美丽的衣裳。

次第春荣满野，暖律暄晴。万花争出粉墙，细柳斜笼绮陌，香轮暖辗，芳草如茵，骏骑骄嘶，杏花如秀，莺啼芳树，燕舞晴空。红妆按乐于宝榭层楼，白面行歌近画桥流水。举目则秋千巧笑，触处则蹴鞠疏狂。寻芳选胜，花絮时坠金樽，折翠簪红，蜂蝶暗随归骑。摘取《东京梦华录》宋人出城探春选段。您是否也和我一样想去走一走？

一般士大夫和百姓来买，一包十文钱，用新鲜荷叶包着，并且掺一点点麝香，用红色小绳系着。卖这样芡实的虽然好多家，但是都比不上李和店里的清一色白皮嫩肉卖得最好。一千年前的宋都故城，其市井生活是掺了一点点麝香的。

绿水孤云的倒影中隐隐约约看到一座阙台宫殿，那恰似楚风、汉魂家国梦。追忆唐宋，遥想远去的时光。了解一个地方的历史和文化，那个地方才能有趣起来，再看那山，那水会更加生动。

雪花迷入春风里，转瞬身融碧云中。
前朝日梦多少事，伴我良宵不知醒。

在美术馆看展览，作者用"曾经活过的树"，雕刻了《脆弱的灵魂》，看展的时候触动内心，生命是多么珍贵而脆弱。其实肉体也一样脆弱，在活着的当下，甚至觉得一切都是那么珍贵。对一切体验过和现正在体验的，都怀着真诚的感激。

午后爬山当还有最后一瓣橘子的时候，我告诉白己不要吃，这样才有希望。路上没有看到人，下山的途中遇见一对五彩锦鸡，和它俩聊了会儿天。它们问我：人类是怎么得到爱与欢乐？我说：人类爱与欢乐都源于分享。曾经我以为是给予，但给予是短暂的，难以持续长久，就是说给予往往是薄情的。

读书的乐趣是看到惊句，优游的乐趣是遇见河津樱。傍晚闲游太子湾，在山坡上看到几棵盛开的樱花，羞答答地开在早春的寒风中。

因为她慈悲而变得无可抗御，她慈祥睿智有连绵不绝的爱。她是黑暗中的灯火，黎明的光。她是海湾，是帆，是缆绳忠实的两端。

没有你估计我会更孤独吧，你是人生中美丽的事。
眼睛盯住美，不然在旅途中会迷失方向。

世事早就都说尽了，只有即刻相拥的体温，真实不虚得让人无限眷恋。

也许人类进化出智慧随之诞生的感情，都是为了经历一场场体验。都是我们离不开，放不下的，这是作为人的乐趣。

"德语中智慧是女性名词。"

"男人做得最好的工作是灭绝女人的诗意。"

据说下品之人往生极乐世界时，会生在未开的莲花之中。须经过若干劫后，莲花方开，这期间不得见佛，不得听说法，不得供养。

一切伟大的爱超越同情。

"自有人类以来，人们自寻欢乐的事做得太少了。单单这一点，我的弟兄们，就是我们的原罪！如果我们学会了更好地自寻欢乐，就最能使我们忘掉使他人受苦和想出折磨他人的诡计！因此，我洗净帮助过受苦者的我自己的手，因此我也洗净我自己的灵魂。"——《查拉图斯特拉如是说》尼采著，钱春绮译，生活·读书·新知三联书店出版

"最近我听到魔鬼们在说这句话：上帝死掉了，上帝死于他对世人的同情。"

她说：誓言应是说给自己听的，爱才是最高的道德。

他说：我们的原罪是自寻欢乐的事做得太少。

她又说：可是美所发出的声音很轻，她只是蹑手蹑脚地走进清醒的灵魂。

一切都太如梦似幻，只要不陷入现世的深渊，就让我们在大梦里逍遥游吧。没有彼岸，不要救赎，采邑大地。

不要迷恋灵魂，灵魂不过是肉体的衍生品。对于关系来说，没有灵魂链接的肉体又不重要。每个人肉体里衍生出来的灵魂，只会最爱他自己的肉体。对关系中的灵魂不可过多奢望。就是说：*灵魂深处的那个人一定是自己。*

有时候面对生活要有这样的勇气：不追究意义，哪怕是愚蠢的事情，只要开心就好。"你牵着我的手好像牵着一条狗"也是一种"幸福"（在上海博物馆门口，看到一个女孩牵着一个背着一大兜布娃娃的男孩的时候，心里生起这句话，甚至当时还多少有些羡慕那条"狗"）。

"今天看到一个崇高的人，一个一本正经的人，一个精神的苦行僧：哦，我的灵魂是怎样笑他的丑陋啊！他挺起胸膛，像进行深呼吸的人；他就这样站在那里，这个崇高的人，默然不语。他身上挂着好多丑陋的真理，他的猎获物，穿着好几件破衣，也挂着多条荆棘——可是看不见一朵蔷薇花。

他还没有学会笑，也没有学到美。这个猎人露出阴郁的脸色，从认识之森林中回来。强者由于刻苦奋斗，不管显得怎样崇高，但若不进入优游和美的境界，还不能算达到真正的高处。"——《查拉图斯特拉如是说》尼采著，钱春绮译，生活·读书·新知三联书店出版

"受伤的虚荣心是一切悲剧之母，可是在骄傲受伤之处，会生出更超过骄傲的东西。"

南风之薰兮，可解吾民之愠兮。南风之时兮，可阜吾民之财兮。——没

— 84 —

有吹过江南的南风，不懂南风之温柔。

一群人在讨论爱，然后都在装模作样地说他们都是爱的门外人。没有忍住，说了一句——*爱是没有门的*。然后走了出去，一不小心又走进了春天里。对自己说，*不要等待下一个春天*。当身处春天里，才明白对冬天的薄情。

在佛顶山见到那块立在松林涛音中的"共渡彼岸"石碑。她说你心里到底有没有神灵？我说自从心中那个自我升起的时候，心中就一直住着神明，一刻也没有离开过我。那个一刻都没有离开过的神明就是那个升起的自爱之心。

明镜立于前，顾影是自身。有时候我们评价一个人，只不过是在对方的身上映衬出自己的影子，与对方毫无关系。

"*责人斯无难，惟受责俾如流。*"

"*是惟艰哉，我心之忧。日月逾迈，若弗云来。*"

在车站繁杂的人群中看到的一抹红的名字应该叫希望，她双手捧着书旁若无人地沉浸在自己的世界里。我看超越者，都能在喧嚣中独立出自我的世界。

花的美德是美丽而有香气。
花说：你看多么自大又愚昧的人类哟！

植物开花是它们觉得快乐，才不在乎人喜欢不喜欢。

看着可爱的小猫心里想：老虎再厉害也叫猫科动物。

古时的某个时期，春天里的某个日子，女子与情郎私奔是合法的。在三月举行一场全国游春日，为了给青年男女相亲约会。很多有情人就此一眼情深。

与友人同游茶叶博物馆，时值胜春，山间草木葱郁，大有万物齐隆之势，嫩绿浅黄是新生的颜色。山花未尽，点点残红映在山林之间，时隐时显。一路缓坡，时下无人，一路来到山脊，太湖石模样的山石散落四野。山脊南坡忽见茶舍一座，廊亭之下有几个茶座。与友人点了一壶龙井，坐于廊亭之下，和风微醺，山鸟齐鸣，以沙沙的风做背景，像极了大自然的演奏厅。一时心有戚戚之音：**明媚之下，竟然怜悯起我们这美好的肉体。**

我们面面相觑，眺望着刚被暮色笼罩的樱花树下碧绿的草地，不由得相对哭泣。——可是在那时，我更加觉得生命之可爱，超过以前我的一切智慧。

美滋养着人心，显示出永恒的善意。

每天到被窝里一切才显得天长地久的样子。为什么我们那么喜欢歌颂天长地久？因为我们知道一切都稍纵即逝，我们只是喜欢歌颂我们难以得到的东西。

C君说：你有相信的自由，我有不相信的自由。这就是所谓的民主。我觉得她说得很对。我说既不能离"山"下太远，又不能靠得太远。这应该就是我们的生活。

一个城市没有山，就像一个人太"成熟"一样，很无趣。

一个人要是足够热爱生命，对知与爱是贪得无厌的。

女性美之由来："女性很少显现攻击性，美便有了容身之地。"

有时候不得不承认这个世界是个游乐场。我们并不害怕荒诞、离奇，让我恐惧的是：静若死灰般的平常。

紫藤花已开在云端，光华公子与紫姬的故事浮现在眼前。八王子赏花夜宴，似乎还留有余温，转眼已是千年之后。

"一切良好的事物都发出欢笑。"

C君说：年纪大了就会很可怜。我说：年纪大了就把自己藏起来。由于人天性的薄情，往往不喜欢和老人家在一起。但是老人家一般都比较宽容，不去计较孩子们的忘恩负义。

形形色色骗子的鬼把戏：勤劳的人们请看好自己酿的蜜。其实也很简单，只要记住：永远没有无缘无故的爱，也不会有轻而易举得到的钱。骗子还喜欢用欲使人听话，必使人害怕的阴谋诡计。

魔鬼说上帝也有他的地狱，那就是对世人的同情。后来魔鬼又说上帝已死，死于对世人的爱。我们既不是已死的上帝，也不是说胡话的魔鬼。我们还是难以逃离爱与同情。

那只猫说人类遵循的爱的原则是"于己有利时无须爱人"。想到了它的反面意思，真是令人惊惧！但不是全部人，很大一部分人是这样做的。——游离太久，今见现世之艰，远超暖灯之下的想象。其实不是不懂，只是有时候选择避之不见罢了。上帝见了，上帝也会掉入他的地狱。

除夕夜，盐商吴然因为运盐船倾覆而欠下四万两白银，一个人悄悄推开会馆的大门，准备进去躲债，巧遇先到一步的胡雪岩。寒暄之后，吴然道出除夕夜不敢回乡的原因。胡说："我也是因为生意失利，欠下十万两白银而不敢回乡过年，不过我这里倒还有五万两白银的银票，借与你回乡还债绰绰有余。"吴拿着胡的银票，便回乡过年。

程章九岁通文墨，蕙质兰心，十六岁嫁与同县方元白，夫妻情深。元白后商居扬州，妻常诗信与元白。有一次，元白外出，友人看到程章的诗信，见鲜嫩的柳叶上写着一句七言诗句：我与春风待君归。后程章病故，年二十一岁。元白闻讯悲伤不已，终身未再娶，弃商，归隐天台山做了和尚，后成为一名高僧。

庄子夫妻恩爱，在其妻仙逝之后，披头散发击鼓而歌。饮酒吃肉不露悲伤之色。世人往往恰恰相反，悼念隆重而浮夸，形式繁缛而戚戚，不知是否是因为在世时的薄情而羞愧。

很多时候觉得我们现在的时代是无情义的，急功近利，不够优雅。大家靠"比较"这个神奇的东西生活。现实的生活往往也是这样的：拒绝一切有趣的人事，酒足饭饱之后感叹人生也没有什么意思。

C君说：我已不怎么相信来日方长的话了。

我说：谢谢有你的世界。

那个天真烂漫同时又喝醉了的人说：如今常存的有信，有望，有爱。这三样其中最大的是爱。

古希腊基本美德包括：智慧、勇敢、节制和正义。理智的基岩是智慧与正义开始的地方，泛爱的沃土是欺骗的摇篮，诞生出悲剧。

一切精神最后都成为肉体上可见。

个性是闪着光的性格，不只是奇装异服，蓬头乱发。奇装异服，蓬头乱发的"艺术家"看起来多少有些可疑。有人说张扬的青春总是很想表达自我又找不到宣泄的方法，于是美院附近总是看到奇装异服的同学。年轻就是怎么样都可以的意思。雕塑系的同学一边在毕业展值班，一边在摆摊卖椰子。我觉得他们终于干了一件正经事。雕塑的意思是：上帝在原野上丢了几块石头，米开朗琪罗发现里面住着耶稣。

对青春致敬的只能是青春本身。

有的时候，我们认识一些新的人，只是为了见到不同。

晚上沿着悠悠一江水岸散步，河的两头正是远的两端。云岫连绵的雪山，大海波涛的涟漪正是远游的距离。点开朋友分享来的音乐，里面有一句，像一匹白马悠然自得地逃跑吧——想起东山魁夷和常玉的画，人的精神世界多么美妙，有些人是上帝的礼物。世人画马难出常玉与魁夷，世人画其形，而二人皆出神。

想起一些事情——当我们连一件小事情都做不好的时候，不要灰心。要考虑去做一件对你来说更有价值的事情，因为那件小事可能不适合你，你不是为此而生。这就好比让常玉去卖羊肉串，不是卖羊肉串不好，只是不适合常玉。

无论是神、人都无法将我定罪。我将自始至终清白无辜地活在天地间。

"人的有罪论是为了满足神的自负。人一旦意识到自己的清白无辜，'神'的一切阴谋诡计都失败了。"2300年前的人已经把事情解释如此清楚了，玛利亚还是生下了耶稣，约瑟还是成了养父。

"伊壁鸠鲁是希腊哲学家，他主张原子论。按照原子论，所有事物都由原子的结合和分离而形成和毁灭。面对物质及感性幸福的短暂性，理性指导下的和谐和心灵的安宁，被认为是最高美德，同时也是真正的虔诚所在。伊壁鸠鲁认为神也是原子构成的，既不需要害怕，也不值得崇敬。"

"卢克莱修希望将人们从对神的畏惧、迷信和死亡恐惧中解脱出来。他试图用理性来解释奇迹。"

对待人事，仍要心怀敬畏。驱散心中的无知与妄念，拾起谦卑徐徐而行。

城市生活的最大罪孽是：离桃花太远，离桃子太近。这是危险的事情。

有时我们对物质及权力有近乎肉欲的贪恋。太自律的日子，有时候也少了很多乐趣，放纵又太愚蠢，生活不易——音乐和书可能是最后的避难所。

一个人似乎要有读书的习惯，宽容的性格，大度的气度，坚韧的心，诸恶皆知又不为所动才能活得有趣一些。所以人们说人生艰苦。随着岁月渐增，以及渡河人的指引，发现以上种种仍不够。后来发现审美是最大的问题。

"孩子似的——谁像孩子一样生活，即无须为他的面包操劳和不相信他的行动具有一种决定意义，谁就仍然是孩子似的。"楼下散步的时候，看到一个好看的女生 T 恤上面印着"拒绝现实"。

没有人的风景总是有些荒凉，与自然陌路的人，也总是显得残缺不堪。她说：外婆在给她讲故事的时候，眼睛里总是映出山间野蔷薇花的模样。
晚归时一只蝴蝶落在肩上同行一路，悠然自得进家门后翩然而飞，自由自在，少有之趣。

夏至无事，人心两闲。我说有的人在黑夜里还能看到一丝光亮。她说有很多人确实粗陋得像个野兽。尼采说被你们百般诋毁的这个世界，在我看来仍是人类的好东西。

"奇异的事虽然多，却没有一件比人更奇异。"

人对权利似乎有嗜血的贪恋。动物喜欢标注自己的气息，以示自己存在过。人喜欢标注自己的意志，如某人所说人类有着兽性的前科。从前我们从原始人，进化成智人。那是个辉煌灿烂的历程。现在我们又开始从智人，进化成"智能机器人"，多少有点堕落的意思。与自然陌路，纠缠于人事的智能机器人，靠着比较的良药活着，多少有点无可救药的样子。

　　一个大人做的最扫兴的事情就是告诉小孩子，这个世界没有神仙。从昨天开始又开始相信猫有九条命，相信有神仙，有转世，有时候童话比真相重要。哪吒不闹海，陈塘关有谁知道。愿每个人的心中都住着一个自己的神仙。

　　人类无法忍受没有童话的生活。童话是孤寂天空中飘起的彩云。

　　"我向众神讲了一大段开场话。至于你的意见我已经听见了，记住了，我同意你的话，我也要那样说。是呀，生来就知道尊敬走运的朋友而不怀嫉妒的人真是稀少；因为恶意的毒深入人心，使病人加倍痛苦：他既为自己的不幸而苦恼，又因为看见了别人的幸运而自悲自叹。我很有经验——因为我对那面镜子，人与人的交际很熟悉。可以说那些对我貌似忠实的人不过是影子的映像罢了。只有奥德修斯，那个当初不愿航海出征的人，一经戴上轭，就心甘情愿为我出征。"——《古希腊戏剧》埃斯库罗斯著，罗念生译，人民文学出版社出版

　　这几天夜里游荡到古希腊英雄时代看戏，看得入迷。一个理智且有些智慧的人是应拒绝对一切事物入迷。雅典娜和波塞冬争做雅典的保护神，雅典娜献出了橄榄枝，波塞冬献出了战马。雅典人选择了和平接受橄榄枝，奉雅典娜为保护神。公元前五世纪的雅典法庭上有两只箱子，其中一只接收判罪票，另一只接收免罪票。
　　公元前五世纪，雅典定期于每月十一日、二十日和最后一日开公民大

会，那时候称为"朝会"。古希腊城邦是世界上最早废除帝王制、实行民主制度的国家。雅典议员共五百人，由当时居住在雅典的十族选出，每族五十人。议会和公民大会主席由各族的五十名议员轮流担任。

公元前 432 年，在希腊城邦上演埃斯库罗斯戏剧《骑士》，说的是一个腊肠贩打败城邦执政官的故事。腊肠贩成功的秘诀是比现任的执政官更卑鄙无耻。

卑贱的"爱情"与卑贱的政治里人们分别遵循着：与己有利时无须爱人，欲使人听话，必使其害怕。

如此说来基督是独裁的神，因为他宣称自己是唯一的真神。当然并没有征得佛陀与婆罗门及其他神们的同意。宙斯又说：嘿！我可是手持雷电的万王之王，我也还是要担心命运的主宰。雅典娜手持竖琴，音乐缓缓升起，众神都沉默不语。雅典娜最后说：学学雅典人吧！放下诸神的傲慢，手持橄榄枝。不要忘记那起始慈悲为怀的心。

狂暴的波塞冬掀起惊涛骇浪，折磨伟大的奥德修斯。奥德修斯手持帝盾在雅典娜的帮助下，在一条大河的入海口登岸。娜乌茜卡来到河边浣洗她美丽的衣裳，准备迎接她的新郎。比起她的兄弟我更喜欢赛勒涅，即使她让她的爱人永远沉睡。夜晚游荡在古往今来荒诞离奇的世界里。夜晚太过于美好。

古希腊的神都特别有意思。有了这样的神才有后来的欧洲文明，有了两千多年前的泛民主政治。奥斯曼帝国攻打古希腊，实力悬殊，城里有人主降，有人主战。最后在城门口放两个巨大的框，让市民按照自己的意愿投黑白石子，黑色主战，白色主降。最后黑子多于白子，全希腊人齐心协力战胜强大的对手。这是人类第一次大规模的有记录的民主投票。

不知道那些天天关心宇宙、天堂之类的人心里是怎么想的，日光之下的大地多可爱。看到一个小姑娘理直气壮地找人帮忙放行李箱，我觉得一切充满了希望。虽然奥林匹斯山上的众神，对与普罗米修斯把盲目的希望给予人类充满了愤怒。

当年拥有永生的玫瑰色手指的晨光女神厄俄斯，为恋人提托诺斯这个人间美少年，求得了长生。但忘记了求"长生不老"，恋人慢慢变老，后来老弱得变成了一只蟋蟀，只能以鸣声来陪伴他的爱人。

我们都是朝生暮死的凡人，守着普罗米修斯偷来的盲目的希望之火。爱与欢乐都如天神的饮露滋养凡间的肉体。就是说做个凡人要有爱有欢乐，要虔诚要祈祷。

"赫卡柏控诉海伦时说：人心里的一切妄想都成了阿芙洛狄忒。"

经常去看一些好看的东西，好看的东西是一种滋养。我们看到一幅画，一件有力量或有美感的艺术作品感动在一瞬间，这一瞬间是一种完成。美的种子也种在了心间。

此时节，正是去松林、鹤影、云的席边闲坐的时候。《东京梦华录》记载了一千年前宋朝人过盂兰盆节的场景，如今这样的场景在邻国年复一年地真实上演着。那时春天的夜里人们在花树上挂灯笼，供人夜游赏花，祭奠春天。

路上听到三个男生和一个女生走路聊天，一个穿帆布鞋的男生说：我也没有钱了，我还要换个手机，这个破手机已经用了五年多了，还要给我妹妹交学费。然后我看他格外顺眼。二十世纪六七十年代，某国有一群被惯坏的孩子，天天没事就上街游行，然后再放把火什么的。他们要"自由"，要大麻，要一切。那就是所谓"垮掉的一代"，而事实证明并没有。

　　想出去改变世界，无奈外面实在太热了。

　　小知者不知大知之知。小年者不及大年之年。小鸟笑了大鹏好几次，大鹏从来没笑过小鸟。独于天地精神往来而不傲睨于万物，不遣是非，以与世俗处。庄公好境界。幻境魔城，人间乐土，不逍遥里游一下，实在愧对老庄。李耳缥缈虚无，不屑与世人多语。欲隐世而居，函谷关守将尹喜见东方升起紫气，知有高人要到来，讨来五千箴言。庄公活泼调皮，宇宙、自然、人物皆以妙言献给世人。庄公梦蝶，我愿夜夜梦庄公。

　　最近迷庄周，庄周又说不要迷恋他。世上没有一件事值得迷恋。对一切事物都有兴趣，又都兴趣不大。天地幸好有四季，万物与我们并生。随意漂流，不知道有何追求；任心狂放，不知道去向何方；无拘无束，游于无穷。我又知道什么……

　　默默地在心里藏着一轮明月。云不知归处，风不知来路。

　　《爱与寂寞》里又说爱要超越快乐，成为祝福。我觉得人应该养只猫，其他事情倒是不那么重要。看到上海盛大的书展，脑袋里闪现出一句话：很难有比文字更生动的事物。

晨起见霞光满天，清风轻抚窗台外的树叶，一时有些恍惚。半梦半醒见此美景像是在梦中游。风轻轻地吹动翠绿树叶，沙沙的声音像是它们在私语。

秋日西子湖畔漫想

秋色浓，西湖南岸，弘一法师矗立在一片染红了的水杉边上。目光坚定而淡然，脸上肃穆如心中的湖水。秋风吹起和服的衣摆，妻子玲珑而俊美，温良而深情地望着开口道：叔同。

请叫我弘一……

此语一出，妻知已无回头路，热烈的爱反而更加平静地溢出。夕阳映出了妻子的泪花，转身欲离，回首问道：弘一法师，请告诉我爱是什么？

弘一说：爱是慈悲。

妻子没有回头，或许脸上太多的泪花不愿被曾经的叔同看见。

你对世人皆慈悲，唯独把残忍给了我。

弘一法师站在那里动弹不得。一颗泪，滴落在叔同手中的念珠上。

当年光华公子与随从重光一行人，来七条城看望年幼时的奶妈，见隔壁屋舍里有一群女子在嬉戏玩耍。风流的源氏便让重光采了生在墙角的夕颜花，放在折扇上送与屋舍里的女主人，这女子便是后来的夕颜。与美丽的人在七条城一个古老寺庙闲逛，在寺院外不远处的一个神奇小店，花五百日元买了一个小茶盏，青花茶盏画了一条过墙的飞龙，它的故乡应该在中国，我要带它回家。上过釉的四字底款我还没有认出是什么。

我们穿梭在不息的时间里，留下的只是记忆和一些穿越时光而来的物证。

与朋友一起看在日本的"三国展"，博物馆外面悬挂着巨大的关羽海报，心里想：二哥在外面光宗耀祖，盖世英雄气吞山河，只是国际友人们欣赏起来估计有点伤脑筋。

古代没有电，明月如水，人心也静。对万物有谦卑之心，对人有温情，惜别离，做出来的东西也好看。沿着正仓院的墙垣漫游，想见那些美丽的造物，神思漫游之际，抬头望见一群乌鸦盘旋在大寺与松柏之间。时间在这一刻仿佛回到了千年前。美丽的人站在一旁，晨花朝露，心上人——此时彼时梦中游。

　　从东京出发一路舟楫登上濑户内海的小岛，友人租来自行车沿岛骑行。海面涌急的洋流，对冲奔涌，仿佛脚下的小岛如一叶扁舟，漂荡的汪洋之上，惊叹自然的伟力，又惊叹于人类的狂妄。

　　走到李禹焕美术馆门口的时候，我对同伴说，我好像感受到了"道"，发现他的东西既不能增加也不能减少。然后朋友说李禹焕是物派的创始人之一，他的作品就是在试图表现出"道"，是她们的校友。

　　有人问，在感情中怎么样辨别对方说的都是真的？

　　我心里想：别人说什么我都当真的。

　　大家都在表达对老师的祝福，我在想我的老师实在太多，年代跨度之久远难以计数，从亚细亚到欧罗巴，从拉丁的热情到高原的质朴，刚刚走过的女子也教会了什么是美，在心里与他们相视一笑。

　　还是穿越回古代看看嵇康弹琴、打铁、柳下憩。刘伶醉酒、裸奔，以天地为栋宇，屋舍为衣衫，更为有趣。清代以前中国人不抽烟，更没有吸毒这样的事情。

人各有乐趣、悲伤、故事，眼睛和语言既是被遮掩的被欺骗的，也是对万物认知的源泉和情感的集成。保持澄静，保持真实眼睛会闪闪发亮。

有人问：你是不是没有悲伤？我说时常看见它们，但是从来看不起它们。

晚归出车库廊亭时闻到一股迷人的香气。问它们我拿一枝（紫茉莉）和我回家好不好？它们说好的。

暗香伏深处，愿伴夜归人。

虞山小菊径，愿做林归人。

青山不欺我，同做有心人。

《苏州相门怀古》：唐寅一生坎坷曲折，然他天性浪漫，世人颂为桃庵仙。后世皆以风流相加，这是世人的浪漫。江南爱梅，姑苏最甚。邓尉山自秦汉以来遍植梅花于漫山遍野，这是苏城的浪漫。旧时苏城，自古风流，才子佳人。春花烂漫时灯笼挂于花树，供人秉烛夜游，冬季踏雪寻梅自不多说。现在看她虽然已是空城，但还是能识得她几分旧颜色。虞山小径野菊，故知锦囊巧手，常伴我入梦。

"唯白受彩，其色必优。"

"饥与渴以及一切普通之欲，皆与认可喜爱等为同类。"

翻译过来应是：一切普通的欲望都是欢喜的。

如果李聃还活着最后悔的事也许是去终南山隐居。不过要是他还活着，到哪里隐居他都会后悔的。看到一个报道说那个道教圣地终南山有几千人在修仙，一时也不知道该说些什么——成为神仙的最好办法也许是美酒、美食和有意思的人谈恋爱。

人长大了不容易快乐，所以我们经常要找点快乐的事情。不容易快乐是大人们明显的堕落。我们的世界色彩太多，我们反而忘记颜色。天地初开的时候，世间并没有悲伤。后来世人常常忘记快乐，悲伤随即而至。

小孩子的天国在大人看来是无趣的。不是小孩子的天国无趣，是大人无趣。

论友情：当我们开始攀比的时候，正是我们的友情终止的时候，留下一地虚荣。

信用就是：你说什么别人都认为是真的。

人离开自然感觉就不怎么像个人，像什么呢？感觉像彼此的宠物。夏天的人太有活力，简直像个禽兽。现在冬天来了，看外面的世界肃穆了许多。夏天是薄情的，热烈而又薄情。请在冬天彼此靠近，如秋水入静湖。

北风恶，看似狂暴而徒劳。静默如树，枝摇心不动，藏绿于年轮，不语、不显、不争辩。树早与东风有过约定，只要你愿意等待我，我也将如约而至，你也必将再次荡起绿波。

京都的民居和在宋画中看到样式几乎一模一样。那些松树，那些优雅的东西都和宋画和古籍里记载的相差无几。想起了一些古代的趣事，在古代如果女子是在对方贫穷的时候嫁过去的，而对方现在发达了或者媳妇亲生父母均已亡故，再或者她为公婆的死戴过孝了，男方是不可以提出离婚的。

素衣无颜色，双眸映玉山；
相近融春雪，慢轻烛红夜。

古人言不多，极简。现代人总是喋喋不休说着贩卖来的语言。多已不能独立思考，迷信一切"权威，大师"，又与自然陌路，在麻木中寻找一点刺激的东西，味觉或者眼球，如同一群着华服的乞丐。四季是不知道的，林中仙也是不知道的，小径上的花花草草也从来不会等他们。

与朋友一起闲游，途遇缥缈毅行的小伙伴一起从九溪沿溪而上穿越层层叠叠的茶园，在秀丽的山峦中行走良久，最后意外落入虎跑寺。偶遇弘一法师的墓，墓前有人放了一束花。脑海中浮现很多故事，他与友人同游雁荡山说的人间事。还有他与妻子在西湖诀别时说的爱。也许万事都有终了时，出家也许是他对过去的一种告别，但是他最终还是忘不了他爱过的人。也正是如此世人才会如此爱他，他的坟冢前才值得放上那束玫瑰。正如汤显祖所说：**智极成圣，情极成佛**。

在另一次闲逛孤山西泠印社时，在下山的路上偶遇宋代名士林逋的坟冢，他的供台上也被人放了一束玫瑰。时光已过千年，人们也依然爱他。

项籍以两万楚军在巨鹿战秦军三十万得胜，赵王赠赵王宫供项籍居住，并献上赵国美女。虞姬问：将军凯旋，为何没有左拥右抱？这本是凯旋的将军应得的。项籍答：我又不认识她们——他说得真好。

当年吕雉嫁给刘季的时候，刘季结婚没有衣服穿，结婚的衣服是萧何借给他的。

韩信从一个治粟都尉（相当于食堂仓库管理员）被刘季直接拜为大将军，此时韩信寸功未立，众将一片哗然。此时韩信手举刘季赐剑，问众将：谁能攻必克，战必胜！无人敢应。然后韩信说：我可以。韩信实现了他的承诺，一生从未打过败仗。夜晚穿越时空与不同时空、时代的人与物交流，晚上更接近理想。

苏派一直在讨论以善报友，以恶报敌，各种辩论。我觉得最好是不与恶人发生任何联系，或者将"恶"拒之于千里之外，这样事情就简单多了。当然，能做到的就不可能是简单的事情。任何"报"都是累人的，乏味的。他们又说世人难有明辨之心，常常以恶人为友，以善人为敌。

第一章前面还有一段：然则凡有学识之人，鲜有悲怨之时。设不幸而遇患难，亦能泰然处之。

楼下散步，觉得物质已经丰富的今天，环境也得到了改善。现在折磨我们心的东西的名字应该叫"虚荣"，另外还有那剂"比较的良药"也有三分剧毒。

与酒神缠绵，方知我们彼此的深爱。与知人互换信息，深觉人间的可爱。青春的世界全是爱，容不下悲伤。如某君翻译来的青春的歌曲：夏日的晚霞，太过炽烈，像你的笑颜，永远燃不尽。

世人还是无可救药地希望并以为可以得到无缘无故的爱和轻而易举的钱，这是世人的无知。

在世界一些地区人的眼里，对中国充满了好奇和疑惑。好奇的是：这片地区对他们来说一直是一片古老而神秘的地方。那些流落在他们国家博物馆、美术馆的文物和艺术品是那样精美绝伦、超乎想象。在他们的媒体及一些"进步"人士的推波助澜之下，这个地方又极其黑暗，人也极其野蛮和不可理喻。疑惑的是这些地区随之出现越来越多的中国人，而大多举止文明，温良可近。再联想起那些展示在他们自己国家博物馆和美术馆的精美绝伦的文物和艺术品，他们实在是太困惑了。

看东方的文物和西方的文物完全是两个概念。看东方文物更有亲近的喜悦感。这是作为一个东方人的偏爱。东方人优雅、含蓄，怀有谦逊之心。西方古希腊、古罗马、文艺复兴时期的文物也有亲近感，那种喜悦是作为人类的喜悦。

李聃用水解释人与万物的关系。那个时候中国还没有猫，不然他一定用猫解释人与人的关系。朋友说可以用狗，我说那是万万不可的。

人追寻真理就像追寻西山的太阳。看似越来越近，越来越清晰。可是正当以为可以马上拥抱了，忽然太阳沉没了，消失在黑暗之中。"真理是人人都同意的寓言。"

在大别山主峰白马尖闲逛时，偶然发现溪水边有人晒了一片秀竹，探访发现一群手艺人做出如在古画和书籍中才能见到的美丽的竹器，大多销往国外。与手艺人闲聊，得知已无年轻人学习，预计十年后就无法再生产。心中感慨，如此美丽的东西不应该消失。

疾风过幽谷，野墟炊烟淡，枫叶似火。世事了然于心，又似无痕无踪。人性中最大的罪恶是欲望日日变换不定。隐一暖室，拥一爱人，要什么真理无穷，山高水长。

"人之对于爱己之人，与绝不妒己之人，终不恶不嫉，此人之常情。"

"视力是善所产之子。日光是眼睛和物之间的媒介。眼睛最接近于太阳，眼睛的能力来自太阳。光与眼睛虽然极似太阳，而终不能与太阳相提并论。"

光自物体流出，使物体美丽。

"将真理授予被知者，而辨识能力授予感知者，这是善的原意，此为真理与学识的来源。此二者虽然是至高至美，但是仍然不能等同于善。善远高于此。"

善是智慧的前提。

小时候知道：千金易得，知己难求。长大了才能懂得。

从浙江美术馆出来的时候，天色已晚。沿着冬日落叶未尽的杨公堤，漫无目标地开着车，暖灯映出树影，右手边的西子湖在夜色的树影中忽隐忽现。把车靠边停下，在冬的肃穆下的夜，落叶稀稀疏疏地洒落在路的两边。内心宁静而又泛起波澜，在心里默默地说出：这是一座应该有我的城市。

"自然的美是永恒的美。不懂的人，如同还在睡梦中。"

由于人们躁动不安，又有日日变换不定的欲望，无法体会很多美妙的事物。

　　在中国丝绸博物馆，看到一顶唐代的团窠联珠花树对鹿纹锦帽，四边有垂下来的稀疏缎带，美轮美奂。要是穿越回唐代，我们还是翩翩少年，在胡姬酒肆里与李白喝完酒，飙完诗。走到热闹的大街，醉眼惺忪，迎面走来一位戴这样帽子的女子——是多么醉生梦死。

　　回到唐朝寻太白喝酒，琵琶美酒夜光杯的那种，我想太白想必也时感无聊，才会经常狂饮，肆意纵情。

世事多变，怀暮年之光、少年之情，与诸位嬉戏欢乐人间，不胜感激。

去某美术馆闲逛，被隔壁两个美术馆吸引过去了。一个不知道他们做什么（其实知道，只是装着不知道），另一个简直是宝藏。有些所谓的"艺术家"可能是天才不够大，读书又不够多，自己都不知道自己在做什么。而"纯朴"的观众往往也一脸无辜、腼腆地表示自己水平不够看不懂。如果一件作品既不能引起思考，又没有感受到美感，然后来一大段作者介绍，好像可以让观者上当受骗似的。

"一切非必要的欲望，皆为此种欲望的奴隶。"

"及此少年之心，已如壁垒之经人离弃。其素有之善德真理，与一切至理名言，能为人生之金科玉律，皆已消除殆尽。于是一切非必要之欲望，占而举之。于是一切虚伪骄矜之恶习，得巩固其地位于其心中而日见发达。"——《理想国》柏拉图著，吴献书译，译林出版社出版

"彼最恶而最不公道者，乃世上最不幸之人。此人即为一切欲望所宰制。无论为神人所觉与否，彼等之善恶，幸与不幸终如是。"

看完苏格拉底在雅典广场与人讨论《理想国》的对话后，感觉苏格拉底应该是个睡眠质量好、记忆力超级好且逻辑思维能力强大的人，而且身体强壮。据说他一年四季穿个破鞋单衣，在雅典广场与人讨论各种事情。

古人与智者的对话仿佛发生在昨天，看得心惊。历史并不遥远，所谓的历史就是延续到明天到今天。

地球人还在彼此攻伐，一点意思都没有。要是现在外星人入侵，大家又都变成大表哥与大表姐的关系。记得我们都是人类，爱护动物善待自然。那只猫说的话时常在耳边响起：他们是人，他们不知道自己在做什么。

我们拥有着人类户籍，那就过着人类本该过的生活吧。

小孩子问为啥要学数学？我说数学更接近"真理"。

散步时边上的一对情侣一路上卿卿我我，快乐很多的样子。想了一下，爱情应该就是两个人在一起，空气变得很有趣。

你的爱是无索取之心的爱，你便成了我的偏爱。人通常都只爱自己，偶遇一个无索取之心的人爱你，这是人生之幸。人一般能对从心底爱自己的人无限宽容。

爱是一池碧水，池竭而爱尽。保持流动，时时补充。愿天下有情人爱泉永注，皆不竭泽而取。

虚室生白，如隐闲林，霓虹灯下一片兵荒马乱。

夜里梦游到一处绝美的禅宗庭院，白砂为水，立石为岛。古泥墙外巨松香枫环绕其间。与友分享，友人误入庭院，庭院黯然失色。

五、维水泛舟

立春的夜抬头见猎户座位于南，暖月位于东。

在丑之中看到美，在假之中追索真，在黑暗之中信任光明。

在生之中，敬重死。最终知道它们互为一体，彼此映照。

沾染晨露的蔷薇，霞光下的白鸽，

它们在静静地等待，可是又在等待何许——

走在林荫的山脊，白云巍峨，流向天际。

没有比内心宁静更奢侈的东西。春夜不眠，问归处，山高水长，有知音。烈焰成池，维水泛舟。竹篱隔尽，凡尘事。暖灯黄卷，夜梦中。尘音日渐远，闲庭四时芳。我看你雨帘下细数桃花，你笑我只会看桃花。

春末之时，同行白马山巅。轻风吹动黛波，山雀划破长空，林海踏于脚下，白云流动。虔诚对立，许下海誓山盟的誓言。

白马山涧，潡河之滨，有缓坡数里。群山起伏连绵，环抱其中，秀丽如碧波。南坡建有人家，炊烟偶起，溪水长流。西北有冲积平原，牧草繁茂，牛羊点缀其中。

欲满载图书，携如画爱人与精灵为舞，良泉为伴。夜见满天星辰，曦迎彩霞映照，四季轮换，阅尽天下事，记凡生人间喜乐，与邻人若即若离，与爱人眉目相通。与至亲众人闲游，欲寻白马山顶，沿溪而上驱车数十公里，一路清丽山水逶迤连绵，忽急弯之后，群山之中见此地，恍然如梦。此地常入梦中来，我知道它在等我。

梦里与 C 君在类似动画的场景里游玩。见纷总总其离合，斑陆离其上

— 111 —

下。后离散，悲喜交集，梦醒。

　　古籍里的人在平安全盛时代，经常因为一点伤感的事情，感叹自己生活在浑浊的末世悲悲戚戚。其不知在感情的世界里悲戚也是一种奖赏，链接万物的是人的情感。山川河流，风雨雷电，与我们都可以有情感的链接。

　　清晨站在窗台看风吹着树叶，沙沙声响如同天籁之音。那一刻我们是相爱的。自然之中，迎风站在前排的树都特别好看，常常站在它们面前满是感动。

　　人与万物之间的感情，是原子与原子之间的感应。

　　大自然原谅一切，也接受一切。

　　除了自我超越没有更好的办法。吃什么不重要，重要的是想什么，那是你的花园。行为背后的原动力，胜过一切妄想与矫饰。独自一人的时候，那座花园的大门是敞开的。有时候我们说爱一个人，只不过是在爱自己的想象而已。时常觉得谁都不爱的时候很快乐。可是脆弱的人心又喜欢爱来爱去。

　　鲁迅家的那个紫砂花盆上写着：人宜长情。

　　你的东西都像你，看着舒服，有种默默的温情。
　　好看纯真的女子总是很危险，与己无责的危险。这是世间的堕落。

　　孔子梦中寻周公，庄子梦蝶，都是人类未完成的梦。

王维：爱染日已薄，禅寂日已固。一悟寂为乐，此生闲有余。

韦应物：万物自生听，太空恒寂寥。

苏轼：拣尽寒枝不肯栖，寂寞沙洲冷。

狮子吼菩萨曰：少欲，知足，有何差别？
佛言：少欲者不求不取，知足者，得少不悔恨。

看书如在林中散步，随性而行，外空内寂。忽见惊句，如低头行于绿茵草地无意抬头见惊鸿。又如慢行于旷野，无思无虑，不知觉日暮西沉，彩云满天，霞光映照。

基督说：神爱世人。
中国人说：爱之以礼。
我对着明月说：十年之后我们还是朋友。明月似故人，犹近不可亲。

基督说：神的天国就在诸位心中。
孔子曰：人能弘道，非道弘人。
曾子曰：慎终追远，民德归厚。
辜鸿铭说：孔子口中的君子之道，诞生于男人与女人之间的爱（周礼）。

圣徒保罗说：让称颂基督之名者远离罪恶。
汉代《孝经》说：让孝敬父母者远离罪恶。
辜鸿铭又说：真正的中国人，有着成人的头脑和孩童的心灵。

马修·阿诺德说：最优秀的希腊诗人的诗歌，是富于想象力的理性巫女。

善意是最好的语言。

阅读古建筑类的书籍，不由得联想起一些事情——西方的古建筑基本都是以石材为建筑材料。古东方的建筑物基本都是以木结构为主，所以我们可以看到很多欧洲的古建筑。我们的古建筑保存下来的很少，木材容易腐朽易燃，保存千年实在不易，加上朝代更迭频繁，像一把火烧了咸阳，烧了阿房宫的暴徒、暴君多不胜数。我们的古建筑虽然基本都是木结构，但并不意味着我们不善用石材，这或许是一种更高效的选择。我们用石材修建的人类文明的奇迹在崇山峻岭的山巅绵延不绝。

我们又是众神论者。有人说众神论者就是客客气气的无神论者，这也是一个神奇的文明现象。由于文字的统一和延续，我们哲学和思辨从未被真正中断。我们睿智、勤奋、思维敏捷。我们应成为更好的我们。

只有强者才有承认错误的勇气，懦夫最喜欢坚持自己的错误，抱着愚昧捂住眼睛。有时候笑话他人太傻太单纯，其实可能是自己还不够好，而且我们很少静下来看看自己。上帝按照自己的样子创造了人，然后有了偏爱。人在做任何事情的时候都没有征得其他生灵的同意，人因为有了上帝的偏爱，有恃无恐。上帝是否也存有原罪？

人与兽之间有条看似模糊又清晰的界限。成为人，成为怎样的人是很重要的事。

如果有一天在不影响他人的前提下，自由地选择生活或者是"逃逸"。那一定是一个美好的世界。有时候所谓的现代文明是极其野蛮的，不停地创造需要与消费，不停地向山川河流、海洋自然万物索取，来满足消费与虚荣。是否可以放慢脚步，给自然万物和我们自己以喘息的时间？

"精致"的利己主义者，不过是庄周笔下的"支离疏"穿了一件华丽的外衣。

我们有时指责别人，并不是他人做得不好，而是我们在为自己辩护。

有时年轻人难免会说一些激动的话，看起来很傻很天真，接近于愚蠢。那是青春的一腔热血，澎湃的力量。普罗米修斯冒死偷来的火种在平静中摇摇欲灭。正是澎湃的激情重新挑起炙热的火焰。

四千五百年前，一群良渚先民生活在这一片沼泽里。四千五百年后，我们没有忘记他们，我们给他们建起了庙宇。虽然说忘恩负义是人的本性，但是正是克服与控制了本性，让我们与兽有了区别。

人类只往大进化怕是不行的，恐龙那么大，现在也见不到一只。人类文明萌发的时候，在重要的祭祀和象征王权的重要礼器上面，都发现了飞鸟立于王冠的图腾。刚刚看见一只飞鸟划过寂寞的长空，大概明白了为什么。

有时候觉得尼采也不是什么好人，比如下面是他说过的一段话，他说："有时候善良的人有着悲惨的命运，是因为他们既愚蠢又懦弱。"

有人问耶稣：兄弟背叛我七次，我还该原谅他吗？耶稣说：那已经不是兄弟了。

"苏格拉底只向神要求神认为对他有用的东西。斯巴达人在公开和私下的祈祷中，只要求得到美好的东西，至于什么是美好的东西，则由神进行选择。"

"要放浪形骸，年纪未免太老。要心如死灰，年纪未免太年轻。"

哦，祝福你，在胜利的光辉中头戴血染桂冠而死的人！祝福你，当一番狂舞告终死于少女怀中的人！——歌德

俄尔普斯为救恋人下地狱，那是他的幸福。最后他回头看了她一眼，就是永别了。已经足够。

一切反自然的行为，都是人类危险的试探。人与机器的界限在渐渐模糊，这是一件危险的事。比起越感乏味的城市与做彼此宠物的关系，越来越想去亲近泥土和四季。

有人要去寻找田园山水像渊明一样生活，就不知道有没有五柳大夫一样的心境，在南山的荒山里种豆、栽菊，还能悠然自得。看人家种豆栽菊是浪漫的。渊明先生是南山最后一个隐居者。在荒地里种豆子，在篱笆下栽菊花的艺术家只能是陶渊明。有人说那样的生活没有意义！我们要去改变世界，实现人生价值！如您所知，人类就是这样狂妄无知，还爱慕虚荣。不要说改变世界了，世界没有人类，世界依然风花雪月，草长莺飞。

窗外百鸟争鸣，它们知道每个黎明都值得庆贺。清晨五点起床，天的南边挂着旧时的月亮，月亮边上挂着两颗一明一暗的星星。

和小孩子一起看落日的缤纷。落日灿烂时对她说：现在是最好看的时候，我们回家吧。

长安多狂客，总有负心人（她这样说应该是刘禹锡今晚没来赴约）。读无用书，与真心实意的人喝酒，人生幸乐。夜如何其，夜未央。万物令我喜，我亦爱自己。记得以前喝完酒直接躺地板上听音乐。那个时候生活好似一场盛大的狂欢。

惊雷拉开胜春的帷幕，雨夜祭奠那逝去的童真，悲悼，悲悼那逝去的童真，吩咐那好人儿默默地走，不许作声。

感到外面又很艰难，躲在屋子里，穿越回过去。悲欢离合虽是人间事，今春犹祭故人多。愿祈爱不离，无须再离别。古人还是给我们留下了很多好东西，那时的人心静，花了心思做出来东西，有种静谧的美。只可惜我们心不静，无法欣赏古人在很静的心情下所写的文字或做出的物。心若不静，一切美妙的事物都离得很远。

酒与茶超过两个人一起喝，都很难品出味道。吃饭的时候喝酒，也是很奇怪的事情。

"媚态之人身，犹火之有焰，灯之有光，珠贝金银之有宝色。"

"至于传奇一道，尤是新人耳目之事，与玩花赏月同一致也。……吾谓饮食之道，脍不如肉，肉不如蔬，亦以其渐进自然也。"

审美是个好技能，否则很多事情都会变得无趣。当年梁思成偕林妹妹，豆村寻得唐朝遗存，在佛光寺写下了下面这段优美的文字。我似乎能感受到他当时的喜悦，也明白了林妹妹为何爱他。

拜谒名山，探索古刹。抵五台县城后，不入台怀，折而北行，径趋南台外围。乘驮骡入山，峻路萦回，沿倚崖边，崎岖危隘，俯瞰田畴。坞随山转，林木错绮；近山婉婉，远峦环护，势甚壮。旅途僻静，景至幽丽。至暮，得谒佛光真容禅寺于豆村附近，瞻仰大殿，咨嗟惊喜。国内殿宇尚有唐构之信念，一旦于此得一实证。

在我懵懵懂懂的时候，有人说汉字是比较原始落后的文字，并举出一些例子证明。那时候我还是个孩子，不知该如何回应。现在发现汉字，对不了解中国文化的人，确实太难了。倒不是因为它的原始，而是因为它积淀、广博、细分、丰富、多视角的表达，汉字是人类文化中闪亮的星星。

世界几大文明中，也只有汉字得以延续使用，使中国文化信息得以延续。它像一盏不灭的灯，一直矗立在那里，与古往今来的我们重逢。

有时候我们用商人的思维交朋友是很奇怪的，所以我们也没有什么朋友。

古人憨厚，所以有高山流水，有桃花潭水，有山涛仗仗拜叔夜，有士为君子者死。

公元前三世纪左右，西方建造了很多优秀的建筑，想了一下东方那个时候是什么样子。公元前三世纪，荆轲与秦舞阳一起去咸阳宫刺杀嬴政。秦舞阳十三岁时就以杀人名扬燕国，他们以燕国特使面君，舞阳登咸阳宫台阶到一半的时候，被秦王宫殿宏伟高大吓瘫倒地，再也起不来了。各个诸侯国的宏丽建筑也是比比皆是。

我喜欢荆轲、张良、高渐离，也喜欢赵正，前面三位都是刺杀秦王没有成功的英雄。历史真是一个游乐园。

江南淫雨霏，贺兰山下阵如云。
南风不灭英雄志，金戈铁马入梦人。

醉卧酒，笑看锦缎藏傲骨。
气如烟霞掩山河，行似春燕进入人家。

有人问读唐代建筑这样的书有什么用？我一时无言，不知道说什么。读书不就是为了好玩吗？

路口一个不相识的老奶奶把手伸过来，用上海话说，阿婆走也走不动了。感觉她应是感到一点害怕，挽着她的手一起走过路口。当阿婆把手伸过来的时候，我感到了人以及人和人应有的样子。谢谢她赐予的礼物。

在上海市区看到路边卖玉兰花或者茉莉花的阿婆，千万别以怜悯之心去买她的花，最好怀着美好的心情买来送给身边的人。阿婆可能生活极其优渥，在路口卖花只是一种消遣和看看年轻人的故事。

雨夜的香樟树下，一对情侣坐在一起。男生举着一把黑色的雨伞，女生穿着茶色的小裙子，有点娇羞，真是人间好时节。不过戴着口罩多少有点不方便，口罩隔离了很多爱情。

有时候，我们心里很清楚地知道，能安静地看会儿书，需要做很多心理和外在的努力。**这些无用的知识改变了我们的行为，给我们明朗的心境，看待世间的事物也清晰许多。**

伊斯坦布尔乔拉（卡里耶）圣救世主教堂圣坛的半穹顶上，绘制了降临地狱的耶稣将地狱之门砸碎，并将亚当和夏娃从石馆中救出的场景。这是耶稣的光辉时刻。神爱世人，我爱此刻的耶稣。

作为一个现代人，不太喜欢再看现代人的东西。我已活在当下，当下的喜怒哀乐自然了然于胸。有时候想想也是好笑，现代人发明了机器人，觉得自己很厉害，然后似乎忘记了"生活"。像个陀螺一刻不停地在转圈圈，疲惫而茫然。城里的孩子大多已同自然陌路，对日月星辰也少有兴趣。有一天，你会发现每一座山都藏在一棵树里，每一棵树都藏在它的叶子里。

一个古人望青山，看出了青山的妩媚。还知道青山此刻看自己也是动人的。这个古代的少年是大地之子。一个洋气的现代人站在青山面前，自然发现不了青山的妩媚，而且自己看起来怎么都像个外星人。

晚归的时候，看到对面一个女孩充满爱意与温情地望着前方，心想不知道哪个男生有这样的福气。我跟随这爱意与温情的目光回望，看到一条小狗正坐在路上，憨憨地等着它的主人。

打开电梯门的一刹那，一对恋人正在亲吻，年轻真好啊。那个晚上感觉空气中飘浮着很多爱的因子。

正陪王维、裴迪在柳林闲逛，忽然听到美妙的音乐声，扔下两人朝音乐声走去。辋川的那片天空，不知道是否还是王维与裴迪看到的那片天空。人的情谊可以超越男女之情，历史上有很多名士肝胆相照、形影不离。现代人是不怎么看得懂的。朋友说现在的人是商品属性，在消费集权与信息集权下很难保持优雅，又喜欢以自己的见识来衡量遇见的人。总体上，现代人是比较乏味的。

人闲桂花落，夜静春山空。在王维的心里四季无时节，想让什么花开，什么花就开，想下雪就下雪。我已经想好了，晚上约上李白、杜甫、白乐天、王维一起开开心心地去找辛弃疾喝酒。

有时候我们站在那里，心里冷风四起，依然从容地面对。转身离去，晶莹的泪滴落到手里的念珠上，因为知道那一刻便是永别。

久不见山，纠缠于人事。暖灯黄卷，消遣于寂寞中。外面的风很大，吹动树叶发出萧瑟之音。正在此时看到书上的一段话：**古来万事风轮走，除去虚空无不朽。**

朋友说：宽容对好人不公。我说：宽容是为了爱自己。

古希腊哲人说：惩罚从恶的开始便如影相随。

八百多年前，北宋故地已成金国城，辛弃疾就生于此。东风夜放花千树，更吹落、星如雨。世人无法忘记他的诗歌，太过炫目绮丽。辛弃疾身在金地心系故宋，年少时和小伙伴们起义，后在辛弃疾联络归宋的时候，后方叛变。辛弃疾率领五十壮士闯入层层防护的万人军营，生擒叛徒，押送至临安。一生波澜壮阔，没有波澜壮阔的心，多是靡靡之音。

城邦保持武力的唯一理由，应是为了能和人家好好讲道理。

北宋有个学者是某子的老师，名叫李侗。李侗平日寡言，每次有人来拜望求教，他就端坐在那里，像一座雕塑，气氛往往很尴尬。有些人过来对他滔滔不绝地大谈一番后，希望他给一些看法或建议，可他什么都不说。有时候等到人要走的时候，他才会送一些书给对方，说可以阅读后再来。

但是李侗对有些来访的人又会滔滔不绝，侃侃而谈。你对他提出问题的有趣程度，决定了他回答得有多精彩。估计难有有趣之人提出有趣的问题，有些人提出的问题实在太无聊，他也只能端坐在那里不说话。

有时候口无遮拦与结结巴巴都是因为不知道该说什么好。沉默显得无礼，开口显得过于粗鲁。承接无虚的语言都需要强有力的人。他知道得那么多，怎么好意思轻易赤身裸体地公开自己的隐私。

南宋亦有两个亦师亦友的朋友，住在两座不远的小山上。平日各自思索各自的生活，若有巧思或疑问，就在门口挂起红灯笼。对面的朋友看到了，第二天会上门讨论交流。后世称为"悬灯相望"。

古人有情义，知礼。看过很多种种原因将妻儿托付给友人，友人豪慨相助的故事。炎炎夏日，看到这样的故事心里也清凉了许多。

与故友作别正在呆呆地望着远方的云山，一个三岁左右的小孩穿过人群，把一个他已经咬了一口的糖果递给了我。之前我几乎不认识他，那一刻心里甜蜜，那是大地的甜味。有时候由于没有及时记录，很多闪光的片刻被遗忘，之后再也想不起来。只记得有过光，这是对光的辜负。

有一次，在仙居山里迷路，在山顶的悬崖峭壁徒步几个小时之后，一行人沿着一条小径得以下山来，在临近山底的时候，忽然听到几声狗叫。我告诉同伴，这是最动人的声音，我们重返人间。

人是温暖的或者说人心是温暖的。可是有时候不能靠得太近，太近了往往会破绽百出；更不能深究，深究之后秋风落叶难免落寞。

那些靠得很近很近彼此温暖的人，是生命中的诗意。

人与人之间的不幸往往都是因为期望有所得，在去除期望与利益纠葛时才能显现出翩翩风度。人与人之间那种至诚情感体验是生而为人能享受到的最高欢愉。

似乎已多年没有说过违心的话。这是莫大的幸福。有赤诚的朋友可以随心地说说话，时常满怀感激。

有时候觉得那漫山遍野的花草树木都是我的好情人，还有古往今来书中的那些人也是好知己。

与友行舟至岛，友人丽，山海生光。洋流涌急，半天云彩半天雨。兴步闲走，如沐春风，如见物派。

人要生活下去，往往要安慰。安慰可以从自己处得到，也可以在他处获得。如果你有幸成了他人的安慰，无论是何种方式，都无须计较太多。

窗外是梅雨的浓绿，木槿在浓绿中开出嫣然的花朵，点缀在翠林间。小时候见它生长在田园的篱笆边，也是那样静默地盛开着。有人说：我爱的东西都是安静的。这仿佛是对唱无声的情歌，在静默中完成的仪式。

现在有 mobile phones，大家都不怎么会相思了。看着古人写在日常陶瓷上的诗歌，憧憬着那个有情的浪漫时代。

一别行千里
来时未有期
月中三十日
无夜不相思

人随流水东西
白云千里万里

对待人事，仍要心怀敬畏。驱散心中的无知与妄念，拾起谦卑徐徐而行。

前人创造了太多惊世的艺术品，那些流散在全世界各大美术馆、博物馆的东方艺术品更是不计其数。不用难过，它们在用另一种方式闪耀着。有时候我会想是什么样的人在什么样的心境下创造出这些抚慰人心的宝藏，我很羡慕他们。

物是留在时间里的记忆，物重要的是承载着一段时间。生活如流水匆匆而去，时间偶尔停留在一个个物证上面。物还封藏着曾经的我们，或是懵懂或是无知。物又没有所求，只是静静地存在，无言胜有言地述说着它见证过的往事。

有时候什么都不干，听听窗外的风声、雨声、树叶声也很快乐。风、雨、树、叶与人并没有不同，万物相连并生，都带着远古的记忆。只是它们都没有体温，还有那让人魂牵梦绕的气味。**有时候爱是一种记忆，在爱的人身上有着让人着迷的香气。**

留起头发扎着发髻，扔掉遮羞布，穿上魏晋华服，做个逍遥的狂士。文脉历久常新，千年积淀，人众多，足以容下几个不同。

总有人让你更爱这个世界。记得有一次去乌镇木心美术馆，在一个影像展厅里闲逛。走进去的时候只有我一个人，在散漫中听着看着，隐隐约约中回望一眼，看见一个宛若游仙的人也在不远的地方安静地伫立着。看一眼就知道这样的人不存在现实生活中，但她就站在你面前。后来和朋友聊起，她们说我看到了洛河仙女。想想那座美术馆确实坐落在一片水中央。

有时候我们说万物可爱，其实是说世间的一切都可以享受的意思。

走在路上，在想人到底是以何种方式存在，或许是意识和记忆，如果这两样东西消散，人便不再存在。深知肉身可贵，它似神的殿堂，所有一切都从此生从此长。**善待肉身是敬畏神明。**

只有童年才觉得，一切天长地久。后来发现一切都是稍纵即逝，悲喜交替，无有终点。

沿河步道上见到一个满头银发的老奶奶坐在电动轮椅上，面容安详坦然，衣着整洁，似八十有余，缓慢地开着她那心爱的小摩托。在一处滨水栏杆处，老人从轮椅上下来了，可以看出身体还健朗。一贯喜欢看老人与孩子，于是驻足观看。奶奶从口袋里掏出智能手机，对着南面的天空拍照。正在疑惑奶奶在拍什么（我与她的距离足以让她感觉不到我的存在），顺着她手势的方向看去，才发现南面的天空有一轮美丽的弯月。

她又拍下了对面嬉戏玩耍的众人，眼神充满了慈祥与眷恋。那一刻，我脑海里想的应该和她想的一样：活着真好呀！回来的路上我在想，在我们这个年代，要是人们学会彼此相爱该是多么幸福。奶奶应该是懂的。

一个人要是能克服对他人的嫉妒，会成为一个更完整的人。羡慕是可以有的，羡慕里面还有自尊。

一件事情如果足够荒谬，往往也会足够动人。

看了一场浙江音乐学院戏曲系毕业剧目《情探·敫桂英》有感：古时南戏最辉煌的时期应该不过如此。在看的时候，手边正好有笔和纸，随手记下了一些与诸位分享：

要是海神殿从此改成桂英与王魁的婚房，海神会满心欢喜。
神最大的美德是成人之美。

戏曲是对善德臆想的爱恨交织处。

唯有人的情感可以超越理性、人性，到达神性。
王魁为什么要入赘相府，难道他家里没有米了吗？

爱恨离别虽是人间平常事，但不能轻言。

有时候我们干出一些奇怪的事情，可能是对过往匮乏的记忆与恐惧。
王魁要是兑现承诺，娶了艺妓女子桂英，将流芳永世，永不落幕。

想起看过的另一个故事，最后的悲伤总是源于人性的懦弱。两个人九死一生再见的时候，正是分别的时刻，小白菜依依不舍地抓着杨公子的手臂。我在心里默默地想着：要抛开一切带她在身边，哪怕五雷轰顶，山崩地裂，在所不惜。世俗的种种羁绊总是荒唐无比，看着名节道德的鸿章，都如须弥山下的妖怪，各怀鬼胎。

"只要个人求的是他自己的幸福，旁人就不宜提供通向幸福之路的指南，因为个人的幸福，出自特殊的、谁也不知道的渊源，而外来的指导足以阻碍或断绝这种道路。人们称之为道德的指示，事实上是与个人相反对的，根本不欲谋个人幸福的。这种指示与人类的幸福和福利同样毫无关系。"——《朝霞》，尼采著，刘小枫主编，田立年译，华东师范大学出版社出版

一个人以为对另一个人有道德上的义务，或者再加上一些懦弱的希冀，那必将要为此受苦。

置之大，谓之心之宽。不然头枕寰宇，犹如狱中物。闲人说雨，越大越痛快。窗外水雾朦胧，觉知着天地间的虚无逍遥透露着氤氲凄迷而又快活的气息。

薄云覆天，暗月微白。南风似有秋意，窗外繁枝不知，以不知，对无情，自是叶的大智。过眼云烟，了了人间事。沧海桑田，八千为春笑颜旁观。

如果大家都从此指鹿为马，那么从此鹿便是马了。
鹿说：即使全天下人指我为马，我依然是鹿。

有些人事时间越久，越发觉得可爱。有善友，愿与分享尘事种种。与友行，贵于拙朴，收锋芒，见于性。若两情相悦，便得人间极乐。

说真话总是很动人。

中国知识的廉价令人惊奇，那些所谓"无用"的知识更甚。每次去看艺术周，都深有感触。人们会很自然地为一堆塑胶买单，但绝不会轻易为"有趣"买单，也不会轻易为点亮世界的色彩买单。人们喜欢酒足饭饱后津津乐道于某个奉献一生作品的人生前贫困交迫的故事。

看到一段描写太湖山水的文字，太湖的山水我也见过很多次。太湖的山水驮过泛舟的倪瓒；庇护过西施和陶朱公，见证过他们那旷世的故事。我看太湖的山，如永世俊美的少年，风姿卓卓，羞涩腼腆，时隐时现。太湖的山很安稳地眠在湖水中。

所谓的情商低，其实并不是情商低，那是一个人的本质。这是我用了很多年才明白的残酷现实。

一个小朋友说：简单的快乐，便是极致的快乐。可以一直说真话，大概就是这样的快乐。

与友人讨论"文明世界的文明生活"，最后觉得一起去山村放羊也挺好的，目极广远，山河秀丽。另一个小伙伴分享的一段话，我也是看到过的。不过我坚信她分享给我的更好看，人是很有趣的生物。有时候有人羁绊也很好。

外面的雨声很好听。想着一些不着边际的人事，深知这个世界没有什么道理可言。喜欢看些"无用"的闲书，以神游古今为乐。肉身虽然不重，也百斤有余，想去遍天下不过是痴心妄想。纵然幸临名迹，茫然无知也是浪费。古人总是浪漫地充满想象与诗意。说到现代，正好是一部罗曼蒂克消亡史。

怎么样和穿越时空过来的汉朝人成为朋友？递给他一个 ice cream。

又落梧桐里，不见旧故人。在人事中，当你坚信自己一定是对的时候，务必小心。事情也许正好向与你想象的方向相反发展，越亲近的人越是如此，过于理性是理性的很不理智。

看到满街的小雏菊，果然流行就是上当的意思。

人类走到今天，是共享了全人类的智慧的结果。所有种族论、地域论、肤色论、性别论，都是反人性的。地球在寰宇之中不过是弹丸之地、宇宙的孤儿。对于桃子来说，我们与猴子并无区别。

一千六百年前，隐居的谢安往兰亭求纸，王羲之将所藏九万张纸以惊人的慷慨全部送予谢安，又邀来众好友四十一人作陪，酒至微醺，雅兴忽起，提笔写下《兰亭序》。来了这样的朋友，那一堆纸又算得了什么。

种在外面的五百株夕颜花都被无情地残害了。家里的倒是开出一朵紫色的小花，开得格外凄美，好像在悲悼，悲悼那逝去的同伴。白天想到晚上要写一段有意思的故事，由于晚餐吃得太好，又有美酒，晚上也是庸庸碌碌的什么也想不起来。这是个腐朽被辜负的夜晚。

朋友说南方天天下雨，已经没有了诗意，世人就是这样不近人情。天要下雨，也是没有办法的事，我倒是觉得越下越有诗意，像那连绵不绝的爱。

今晚诗神与酒神缠绵，共度良宵。月神由于分离日久，早已忘记她的容颜。

午休时躺着，无所事事，感觉四大皆空一般。忽然惊醒，原来耶稣说一切都是虚空，一切都是捕风与佛说的四大皆空，是一切都值得爱的意思。

我们说：不好，大多是自己对人不够诚实。对人真情实意，他人会知道的，他人往往也是好的。

接受有时候比给予更有礼貌。

看了一会儿访谈类的节目，听他们在那里说都觉得好累。可以确定的事是：现行婚姻制度不可能一成不变，其形式可能多样。然而与有情人做快乐事永远是神的选择。

不知道从什么时候开始，别人在和我说什么的时候，总是像个小学生上课一样，认真听认真思考，懵懵懂懂。当他说得无边无际的时候，我听得惊心动魄。我内心在告诉我：他在胡说八道！我也就放心了。有些人说的，觉得对方说的是我不知道的，或者对方的观点超出我理解与认知，那时候也是懵懵懂懂的，有众人皆是我师的感叹。有人说认知从惊叹与无知开始，那么懵懵懂懂是否是比较好的状态？另外，我坚称众人口中的"成熟"是骂人的。

"思想所穷探其深度的世界，是个超感性的世界……只有自觉的东西，才能称为真实存在。"

有一个神或者有很多个神还是好的，不用那么累，有什么事情全部推到他们身上，免去我们自己思考。现代人基本把神都杀死了，是很遗憾的。神都活着的时候多好玩。世界上大部分地区的神都很好玩，特别是古希腊和古印度的，实在是可爱，令人爱不释手。

记得有一次去义乌，义乌的朋友们问我有什么感受。我看着大街上匆匆的行人，告诉他们，其实每个人都在想着如何多赚钱，而且还不是全无希望地想！朋友惊呼道：你说出了我们大部分人的心声。既然有赚钱甚至一夜暴富的希望与机会，写诗这样的事情就显得不合时宜得几近荒唐。

感觉再在城市待下去就会有喂饭服务。过度服务的结果就是过度依赖，这不是好事。过度服务是另一种虐待。

城市的生活：赫拉克勒斯站在一个又一个吃胖的路口。

所谓的世界，其实就是我们的胸怀与智识，因为我们无可避免地用自己的胸怀与智识来定义世界，那么你就是你的世界。

前面看到：思想所穷探其深度的世界是个超感性的世界。然后一直在我脑海里盘旋，那么再往浅一点走来是不是：理性的最深处的那个世界，是个超感性的世界。看到前面一句有种行到水穷处，忽见高山草甸绿草茵茵、繁花满地之感。

说一物，自知自觉才是真正的存在，是有深意的。

新闻什么的根本没法看，躲在房间看山河壮丽。山河壮丽没有悲伤，也不在乎人的善恶悲伤，自顾自地壮丽着。月光洒在我的身上，这里像极了我的故乡。我在何处，我的世界便在何处。你温情地看他们，好似他们也如此地看着你。今晚的人都特别好看。

　　在北方的一个山海之城旁晚出去晚餐，见到一个六十有余的老先生，带着一个白发苍苍的老妈妈，应有八十多岁。老先生搀扶着他妈妈，老妈妈手里握着一个白色猫咪布偶。看了一下他们的面容，便知定是母慈子孝。我常说忘恩负义是人的本性，虽然我会坚持我的话，但也足以见得出我的无知。

　　红日喷薄而出越过波塞冬的那一刻，我明白了基督说的：神爱世人。

朝霞推开那看似绝不能撼动的层层乌云，露出那永生的孩子金色不知疲倦的脸，金光洒满大地，映照在层层叠叠的高楼上，慷慨得没有一丝故意。

我们说云淡风轻，只是自己觉得云淡风轻而已。风轻云淡自然很好，但更好的是诚惶诚恐，那些诚惶诚恐地去对待的人都是所爱。风轻云淡遇见曾经的诚惶诚恐，风轻云淡的眼睛里往往会盈满泪花。但你不必怜悯它，泪花有时是欢快的。

生活如梦似幻，又真实不虚。白天忙忙碌碌，晚上多神游。总是遇好人，好人似青山。

时常觉得万事如意，只不过是不在意那些不如意罢了。光阴是珍宝，只能与喜欢的人一起纠缠。良师益友教我们在任何逆境中保持"优雅"，然后再也没有什么逆境了。在明白诗人耶稣说的一切都是捕风，一切都是虚空，是什么都值得爱的意思后，看待万物别有一番滋味。

朋友发消息来说：爱如捕风。
我回复她：爱是虚空。

爱如捕风。那么风被捕到时，正是爱的消亡时，不如风一直吹，我们一直追。

朋友又发来消息：那恨如朝露呢？
转瞬即逝。特别是对爱的人的恨。

所谓的情商，有时候不过是在无法赞美的时候保持沉默。

我们说古人有趣，古代的神也有趣。阿修罗有神的天赋、妖的魔力、人的欲望。所以他三界都爱，一个也不愿意丢下。他就是传说中那个什么都想要的。古希腊的人你看多幽默，把一个小孩丘比特安排为月老，小就小吧，还瞎（看来古希腊人早就看清了真相）。后来的人就没有那么有趣了，后来的神也一样。后来的神一个个一天到晚苦大仇深，又是赎罪又是救赎，好似全天下人都欠他的一样！多无聊——最最不能忍受的是他竟然宣称我们有原罪。真是用心险恶！

不过我早就宣称自己是清白无辜地来到这个世界的，一毛钱都不欠他的，而且觉得他还是回到他的葡萄园种葡萄比较好，人间的事情就不用他操心了。

婴儿从混沌中走来，知觉萌发，开始感知所能感知到的一切事物。再大一点，他们开始无穷无尽地问为什么。这时他们思维开始延展和探索，世间对他们来说，是新奇的游乐园。然后慢慢地知悉万物、人间事。

后来仿佛一夜之间"成熟"了，梦中的城堡仿佛也顷刻崩塌。短暂的茫然和不知所措之后，眼睛里探索的光暗淡了；又仿佛还走在荒原，荒原里的野百合花依然盛开着，可是他已不是那个孩子，浑浑噩噩地走在日光之下，感叹出那句心如止水的话：日光之下无新事。

日光之下还是有无尽的新事，今年的野百合开得也与往年不同。只是已不是那个探险的孩子。自满、封闭，拒绝再去荒原探险，喜欢与一切已知的事物打交道，难有新意，难以激起心里的浪花。一切平淡如常，所以觉得无聊至极。

苏轼要是一直待在东京，酒肉奢靡怕也只会庸庸碌碌地写点薄情的文章。

在众神的眼里，人间事如同一出戏剧。"世事如棋亦如戏，谁执星罗子，布下千家灯。"

一个人总是把别人想得比实际还要好一些，是极好的事情。这个人是可以交朋友的。

李世民在玄武门戕杀哥哥与弟弟后，余生再也没有真正快乐过。那件黄金铠甲也再没有穿过。暮年时他对身边的人说：吾死之年，廿六而已。

延长版的悲剧让人持久地敏感、低调，且创意十足。悲剧是善的重生地，是诗与歌的开始。书上说艺术的目的在于改善人类。人类太需要改善了，人类带着兽性的前科，在特定的环境与时间里，这种兽性会愈加明显。有时候的失望是心知肚明的奢望引起的，但这种失望满怀善意与希望。希望我们都变得更好。"艺术无用"——如果艺术都有用了，我们可能就彻底无救了。

艺术创作美，展示美，洗涤人类的业障。那是神的火种，我们要小心地照看。

一个女子素衣清颜，步伐轻盈，脸上有种坦然与从容，看不出悲喜。当她潇洒地跨过石阶的时候，我似乎懂得了她内心对这个世间的悲悯与喜悦。

一个普遍文明的社会，应有高度自尊。这是为何喜欢丘吉尔的原因，在那样的至暗时刻，他对全世界说：不列颠的男儿可以全部战死，但绝不向邪恶低头。二战时期，德国为了迫使英国投降，不断地派飞机轮番轰炸英伦三岛，但是英国人照常生活，剧院的演出照常进行。投降派以各种"高尚"而堂皇的理由施压，要求丘吉尔和国王投降。

国王驱逐了声称最爱他的"朋友"，告诉丘吉尔，王室愿意同不列颠一同沉没，绝不会去他国度假（流亡）。有一天，国会在焦急地等待海军大臣开会，这时的丘吉尔独自走进伦敦的地铁。当身边的乘客发现这位特殊的乘客时，都默不作声。后来一位年轻的母亲要求首相答应她，绝不能让她的孩子沦为奴隶！丘吉尔下了地铁，回到了已经乱成一团的国会，发表了那篇闻名于世的演讲。

需要逐字阅读的文字，看着就想睡觉。晚上读书已经是够无聊的了，可是干其他的事情又觉得更无聊，日子也很艰难。外面疾风骤雨，躲在屋子里的人无所事事地无聊着，多少也有点无耻感。早上很早去楼下散步，看到一行人已在楼下工作，需要挖开泥土，好像是水道改造。自己两手空空已是汗湿衣襟，心里想：勤劳与热爱生活的人，怎么看着都让人觉得舒服。他们比山里的"修行者"更胜一筹。

我们喜欢批判人事，大多源于自己的无知，而且坚信不疑自己的观点。要是稍微怀疑一下，便给智慧的光留下了一条缝隙。

人们说的爱，往往就是毁灭的意思。人成了商品属性之后，这种毁灭愈加张狂。有些人看着，就像看到一部不断吞噬的机器。人也像植物一样有很多分支，同科不同属。看着都差不多，实际有本质的不同，这不同让人有了期待。

一个人陪你走了很长很长的路，你们也没有说很多山盟海誓的话。偶到一个乡野小酒馆，彼此端起酒杯互道一声感谢。窗外已是秋色，金黄的稻田映衬在还是浓绿的山谷里。鸿雁不鸣，结伴南飞。你们起身欲离，你说：前路不明，冷风将至，不如我们就此道别。她说：与你共看漫天大雪，一定很有意思吧。

一个人若总是真心待人（偶尔一次不行），总会得到更多的宽容。

临安·晴川·云边

那年你我年少，同登岸栏；
双影映于水中，斜阳倾泻富春江上；
金波东逝，暗影眷恋不移。

天云变幻，霞光满天，南风吹起薄衫，我们仿佛站在云边。
晚舟似有归意，只是载不动有情人。

一个女子记述在四月的一天与几个好友躲在闹市"桃源"里着唐衣，绾起发髻插带牡丹花的趣事，说万万不敢走出院门。我在想要是她们一行人就是这样走在繁华的街道上，自顾自地享受着最后的春光。繁华的街道将是何等的荣幸。要是如此我愿意带上那顶盛唐梦幻的帽子，一起游走在长安街上。一个女子用极美的文字记录下了人间烟火和冷暖四季。在她的眼里，一切都是生动的、活的。在她的文字里，可以看到对这个世界的宽容。每次看到一些可爱的人事，都心怀感激。这是一种滋养。

她以充满灵性丰富又诗意的内心世界看待万物，记录下生活的琐碎，这是很酷的事情。

有人说："凡是会哭泣的生灵都具有灵性，哭得越悲悯，灵性就越大。"

有人指责沈复不思进取，以至于风雅不能长久，芸娘也殒于困境之中。我也很心疼。一为沈复心怀烂漫却不合时宜而心痛，另为芸娘的才情雅致，温良如玉而终不能善终而惋惜。但不忍心指责，想要一个人才情兼备、心怀烂漫而又善于世故人情，是多么残忍又艰难的事。很多东西无法深究，人性那么脆弱，经不起深究。

前几日与朋友谈宽容，觉得一个人只有对自己有宽容，对这个世界有宽容，才能更快乐，不然难有快乐可言。那天有人说，她对我一直有宽容，我满怀感激，我知道宽容里有珍贵的东西。

一个人的思想变了，就与前一刻的那个自己告别了。前一刻的那个曾经的自己遥远而陌生。人可以活成很多个人生，一个又一个不停地毁灭与重生，只是心底的那个孩子要小心守护。这样就像一个贪玩的小孩四处游走，时不时地还会听到妈妈喊他回家，家还在。

无穷的发生，就是无穷的否定与重生。

看到唐朝人的《放妻书》，想想我们曾经的那份优雅与从容，真是令今天的人汗颜。

盖说夫妇之缘，恩深义重，论谈共被之因，结誓幽远。凡为夫妇之因，前世三生结缘，始配今生夫妇，若结缘不合，比是怨家，故来相对。妻则一言数口，夫则反目生嫌，似稻鼠相憎，如狼羊一处。既以二心不同，难归一意，快会及诸亲，各还本道。愿妻娘子相离之后，重梳蝉鬓，美裙娥眉，巧逞窈窕之姿，选聘高官之主。解怨释结，更莫相憎。一别两宽，各生欢喜。

看过往的历史，温文尔雅的东方世界从来都是可爱之地。在中国的边缘地区，由于"桃花源记"里叙述的原因，还残留着一些古时的仁义。

我们所做的精神建设，会让肉体上感到更舒适。

肉体的自觉舒适，精神能更好地滋长。

早起，雨声急，卧于榻，不知急雨中那几株木槿花是否安然。雨后到楼下去散步，听到铃虫鸣吟，像是一场盛大而不张扬的乐会。想起那首《早生的铃虫》，我小心地听着，屏住呼吸，低下头避免目光外泄，分散了心志。我一路走，它们一路演奏。来到木槿处，那几株暴雨过后的木槿花愈发显得含蓄而动人。想起古老的和歌：松树千年终是朽，槿花一日自为荣。

城市的"幸福"生活有时太脆弱，假如在一个小山村，门口有一条清澈而流动的小河，院子里芭蕉树下还有一口老井，井水甘甜而永不枯竭，家里的大黄狗忠实而可靠，四季在对面的山川轮换着惊心动魄的幕布，想来也是有趣的生活。城市里的幸福生活像一个脆弱而虚幻的假象。有时候看着面目全非的同类，也怀有悲悯之心，无数个何必在心里生出，最后一个也没有说出口。

其实一个人知道什么东西是好的，也是很难的。能一直坚持这好的更是艰难。因为人太明白什么是对自己眼前有利的。人做点违心却有利的事情太容易，容易到人人都可以；而难的是坚守自我，以自我意识做"裁判"，来面对活生生的生活。

白天一个游戏设定在脑海里闪现，为之一惊。如同被设定的一个个模板的角色，按照指令在行动。此刻在想那句："在情感和情感的表现里，灵魂认出自己是灵魂。"说得真好！盖世英雄要是没有在情感里表现出灵魂，也不过是一只不知道桃花美的猴子。后来盖世英雄在灵魂里隐藏了情感，又做回了快乐的猴子。

有时候，盖世英雄也许只是一个骑着破自行车，颠沛流离几天几夜，行了几百公里的小女孩。

古都夜游，与一僧侣同食百年面店，店主是一个八十有余的老太太，她虔诚地端起饭食放于餐台。僧侣颔首低眉，双手合十，诚惶诚恐地为供养人祈福。我与友人在一旁默默无言，当时只是心生感动，无言能述。僧侣时感与我年岁相差无几，红润而稚气的脸庞分明就是一个孩童的模样，想来要心是何等的纯净才能如此。久不能忘，记下也算是一种警醒与对那美妙梦幻的夜的偿还。

寂寂僧房人不到，满阶苔衬落花红。未语人前先腼腆，樱桃红绽，玉粳白露，半晌恰方言。"夜深香霭散空庭，帘幕东风静。"

散如烟云，聚如骤雨，此时胜彼时。

看完一出戏剧，然后就想躺着什么都不干，偶有朋友发来问候与分享。书台上那只与陈娉婷一起在东京艺术大学艺术祭上买到的小盏与红叶，好像很般配。下午去苏州某美术馆，穿越一路近似废墟的道路，带着怀疑的态度，闲庭信步地跨过一座小桥，不怀期待地走上二楼，意外地看到宋陈的作品《土地治愈》。静静站在作品前很久，很想抱住身边的人哭一会儿。很多年前在乡野不可思议地看到一片桃花，盛开在一座电镀厂的四周。

艺术家宋陈：呼吁土地正义的觉醒，期盼启发一个共同的呵护！

逛完美术馆到楼下茶舍喝茶，据说喝茶超过两个人，就喝不出味道了。店里三个人坐了两桌，刚刚好。我是那个独享一桌的。茶舍门口有几棵枫树，此时落地窗外的行人与枫树都格外好看。

有人来找你，你不要问远不远，你愿意等，她愿意来就是刚刚好的距离（朋友要来与我一起喝茶）。

　　她伏下身子过来沏茶的时候，我也俯身还礼，抬头目光交集的那一瞬，我们都知道施与受都充满了感激。

　　如果世上的人都如你，我又怎么才能找到你。

　　每次看到"大天才"，都觉得神应该是存在的。相互激发点燃的关系是一个巨大的诱惑。那些觉得已是心如止水的人，只是那个扔石头的小孩还没有来，那个小孩是不讲道理的。

　　《诗经·大雅·荡》：天生烝民，其命匪谌。靡不有初，鲜克有终。

说人生之初无不具有善性，但很少能保持到最后。然后为此找了许多理由。

在路口看到有人为抢一秒钟冒险，有什么着急的事吗？天上的月亮是不慌不忙的。忙忙碌碌地说为了生活，可是一点生活都没有过的样子，就悲悲戚戚地老了，然后感叹出亨利·米修那句："你不带着我就走了，我的生活。"

为几两银子，忙得跟什么似的，心里还想着一些快乐的事，要是不想着快乐的事，估计就没有力量忙得跟什么似的。精神依附于肉体，肉体依附于物质，就是说我们有时不得不为了养活我们的肉体和精神去捞钱。这也是人们厌烦的事情。

一心贪玩，无心读书，做做样子总归是好的，总是让人心安。牵动人心的只会是日光之下的新事。自从看完上一篇讨论矿物、植物、动物、人、自在自为、显现灵魂等再重新看这些心情多少有点微妙。

人与兽之间的界限极其模糊。唯有时刻保持澄明之心，游走在人与兽之间。

怀有良愿看待万物，万物是知道的。

始终觉得燕子不是凡鸟。（商朝认为他们是由燕子变化而来）

天空如一片汪洋，神仙踏出一道道白色的波浪，月亮悬卧于西边的天空。桂花树下，两幼童对着楼上高喊：小宝下来！声如波浪，此起彼伏，连绵不绝。不久，楼上的窗台探出小脑袋回道：你们最爱的小宝马上就下来了。稚童的笑声回荡在寂静的秋夜，那是世间美好的笑声，是装模作样的大人笑不出来的。

唯有少年最真情。

月亮一天比一天圆满，桂花的暖香飘在夜空中。古时月圆之夜，在庭院摆好香案，焚香祈愿。少女衣裙窸窣，撩动西厢少年心。红绯隐于月色，暗香疏影。

据说年轻的女子与喜欢的人在一起的时候，会自然散发出一种香气。

神仙要是有愿望的话，一定是做回凡人。

游荡人间日久，形形色色的相遇、相知、相离、重逢只有祈祷和祝福。那些曾经给过善意的人，时常浮现在脑海里，并没有忘记过。*有时不联系，只是不知道该怎么样联系。*

当年古希腊北边有几个城邦，马其顿、底比斯、斯巴达人都被雅典和雅典周边的几个城邦的人称为蛮族。后来马其顿的亚历山大统一了全希腊，打败波斯军团，夺回巴比伦城，翻过高原直达印度，建立了后来的亚历山大帝国。几乎在同一时期，东方诸国彼此攻伐，周室式微。同样被称为蛮族的秦国也出了一个盖世英雄，以解救六国庶民于倒悬，以时不待我的气势统一诸国。那是个英雄的时代。

亚历山大的母亲从小就告诉亚历山大，他的父亲是天神，腓力二世只是他凡间的养父。他的老师亚里士多德经常和他讲荷马史诗《伊利亚特》和《奥德赛》里的故事。亚历山大立志要成为阿喀琉斯那样的英雄。

有人问亚里士多德：为什么与美貌的人来往得更频繁长久？

他说：只有瞎子才能问出这样的问题。

有人觉得辜鸿铭过于腐朽并疯疯颠颠，但要是了解他的经历及当时世界背景，你就不难理解，他为什么坚持对外声称中国的狗屎也是香的。他是一个高尚的人，怀有高度自尊之心。那些指责汉高祖的人，估计曹孟德在他眼里也是一个小人。

一个人的脸，确实会印记下他所有的内心世界。中国人其实早就知道面由心生的道理。经常和身边的小孩子们说要丰富自己多去去博物馆、美术馆、图书馆，多看看有趣的书，镜子里的人会更有趣也会好看一些。慢慢地会发现似乎博物馆、美术馆、图书馆里的人都要好看一些。好看的看多了，自己也就会变得好看，还可以延年益寿、美容养颜。

读书少的女子往往更好色，男子的好色与读书无关。

由于一些"文化现象"的原因，很多美好的词都被糟蹋得不成样子。比如老师，现在有些奇奇怪怪的人动不动就称什么老师，有时让人反感。还有可爱，其实是一个极美好的语言，是可以爱的意思，远胜过一些看似直白赞美的语言。海神波塞冬也被现代人糟蹋得不像样子。**现在人没有什么意思，说着贩卖来的话，有着趋同的旨趣。**

可爱。可以爱的人，实在是美好而温情。

前面和可爱的人一起讨论过关于"羞耻感"，羞耻感也是基本的自尊之心。羞耻感可以让世界更美好。

有时候挖鸿沟是一件无奈的事情，有型的鸿沟是没有用的，总有人会架起一座桥。心里的鸿沟是有用的，与一些人及事做一个隔绝。偶尔站在鸿沟的边缘远远地看一眼就好。如果对岸的人一定要架起一座桥来看你，没有你的允许是无论如何也搭不起来的。那个能穿越鸿沟过来看你的人，一定是你还眷恋的人。

有时候人事已远，回想起来还是如临深渊，有劫后余生之感。再看前路，繁花似锦，风吹麦浪。

读书和赚钱是最要紧的事，前者让人不惑，后者可以让人不屈。

中国人实在是太会吃，由此推算出中国人想象力一定很丰富。

饕餮不是"美食家"。饕餮本质上还是禽兽的原始欲望。按照它那种吃法，是吃不出食物的味道的。"美食家"一般一顿只吃一个菜。

看到一些灵性很好的人，在时间的任其埋没之后，那道光越来越微弱。

微弱还是偶尔看得见，看到后有一种莫名的心疼。像一个深秋的清晨，走在缤纷的山岭，一阵冷风吹过，裹紧了衣衫继续往前走着，心里却忽然想起那个原本可以与你同行的人。抬头望见层林尽染的山峦，感到了一些孤独，这孤独又交织着澄明清澈的喜悦。

时已黄昏，见山下炊烟袅袅。远处故知门前又悬起灯笼。你信步赴约，落英满地，秋花灿烂。无思无想，任彩云舒卷霞光染天，心里想着温酒故人颜。星汉在上，绵绵情长，只见四季轮换，不觉光阴绵长。

人还是要自赎，要超越童年和过往。由于人是活的，可以在下一秒做出变化，所以还是可以对人抱有希望之情。前面说虚假的希望也是希望，是可以见出心地的。古人造塔是为了点亮人心的希望吧，浮屠三千尺，铎铃悲悯，烛火云阙，以照抚人心。

除非出现神迹，不然很难有好伴侣，而每一个在热恋中的人，都以为得到了神的眷顾。其实只是恶魔把欲望之火烧得更旺一点而已，都是要偿还的。任何人以任何名义限制他人的自由都是可耻的，就像你无权要求今天爱你的人明天还爱你。

你说这样太绝望，如果你做的任何事情都是因为自己的快乐而为，便可以无所顾忌地去爱。就像你不能把你不喜欢的东西送给你爱的人，这是一种背叛。收到玫瑰的人要在意的是那是不是赠予人的快乐。

撒下智慧的种子，
用自己的双手让其生根发芽，

这就是我的收获。

我来时像雨，
离去如风。

世界有个奇妙的磁场，它忠于你并时刻感知你，然后一一做出回应。
世界越荒诞离奇，你就越珍贵。你是荒原上的百合花，是冬季盛开的冬
水仙。

来，夜呀，来，罗密欧，你这夜里的白昼
你要是栖息在黑夜的翅膀上，会比乌鸦背上的新雪更洁白
来，温柔的夜，来，黑眉额的多情的夜

把我的罗密欧给我，假如他会死
请把他砍成许多晶亮的小星星
他就会使老天的面孔漂亮起来

那么，全世界人都会钟情于夜
不再去崇拜那傲慢的太阳——莎士比亚著，朱光潜译

朱丽叶说：我付出得越多，得到的就越多。我是懂的，可惜我不能爱
她，她有她的情郎罗密欧。

有人问：怎么样才能在任何情况下保持自立？想了一下，大概是一种抽
离现实的旁观者的状态看待自己和别人的情景。看着有趣的朋友，也会暗自

庆幸，寰宇之中有感知与分享的快乐。

很多人是没有朋友的。很多人总是无时无刻地说着我，还说别人不爱我。

自私很容易，爱自己却很难。

好玩的人即使出家当了和尚，也只是打开了另一片世界。半生风流不羁的李叔同游戏人间无数，音乐、戏剧、诗歌、绘画、书法、篆刻、美人——后落发虎跑寺，身虽在山野，心还是系着人间事。在西子湖畔与爱人诀别的那个人，在与友人游雁荡山的时候，多少有点悔意。

每天都在做好的事情，可是还是觉得做得不够多。每天都在摄取光明，可是还是觉得不够明亮。那空手兀自站在一旁的耶稣，不知道会不会多少有点落寞。毕竟熙熙攘攘的人间，普通的欲望皆与幸福等同。神迹常在，愿诸位幸福。

去山里，在那儿有温泉的地方无忧无虑地看山，看树，看空中盘旋的孤鹰——被欲望的暴君掳住的时刻，我不是我，你不是你。去到山里，有时候只是为了摆脱各种暴君。

Wish the god pardoners the human.（愿上帝宽恕人类）

我回头看了一眼那个一心向道裸奔的人。我知道我不及她，我还是想去保护她。

红烛微光夜惊梦，无悲无喜好个秋。如果对他人没有索取之心，依照自己的喜好心性选择交往，是可以天长地久的。最近晚上读一本优美的古籍，古代不是什么都是好的，但感觉现代人把古代人性中好的部分几乎丢失殆尽。

晚上无事去到城里闲逛，感觉城里人过得还不错，特别好看的人都在背帆布包。

古时候，有个秀才在进京赶考的路上，夜宿梅花观。在太湖石下，他拾得一幅装在紫檀夹子里的美人画。画中人只在梦中见过，已经离世三年。画中人的魂魄夜里来与秀才相会后，秀才写下了下面的话：听漏下半更多，月影向中那。恁时节夜香烧罢么？一点猩红一点金，十个春纤十个针。只因世上美人面，改尽人间君子心。从此秀才白天睡觉，晚上幽会梦中人。后来那梦中人还魂人间，嫁与状元郎。那状元郎就是那夜里来相会的秀才。一个因爱不死的故事，只有爱可以不死。

与友人见面，说起初见时的彼此，我诚心地赞美他曾经对世界的幻想。我看见他眼神游离，恍惚中轻声地说：现在有些改变。我想起那只曾经很黏人的猫。那天夜里我找了两个小时的牛奶猫，把套在它身上的口罩取了下来（不知道是它自己不小心钻进去，还是被人套上去的），并告诉它，不是每个人都爱你，但还是希望你对人类抱有希望。

友问：那些所谓特殊的日子重要吗？我说：心里对一个人的态度才是最重要的。那些特殊的日子是春光烂漫的山谷中远远望见的几株盛开的杏花。清风轻拂，落英如雪，点缀着我们寂寥的生活。

与人交往就是是非对错的意思。是非对错有时候也很有意思，但不能纠缠，一纠缠就非常没有意思。

一直觉得掠夺其他文明遗产是一件很可笑的事情。把别人的文化遗产放到自己的博物馆或美术馆，并不能增加自己的光荣，增加所在文明的光荣。有些把佛首从石窟里凿下放到博物馆或美术馆里，是多么野蛮的行为。更有甚者，是放到自己家里"供奉"，天天看着佛祖被凿下来的微笑的头像，不知道说什么好——再说就不礼貌了。

从前有个秀才家道中落，父母早逝，空有一片宅邸，另有一片果园，有一驼背老奴照看。秀才觉得空守此地，光阴荏苒，年华蹉跎，不如去临安帝城谋个前程。临走前，他感谢驼背老奴多年来的照料，并将果园赠予老奴，以示谢意。后老奴念其公子，来到临安寻找自家公子。故事很长，其中公子一路奇遇良多，在那个没有电的古代，奇遇也不是什么稀罕事。人还相信天地鬼神万物有灵。书将至尾，心有感动。古人是有情有义的。

寒露清怯，金井吹梧叶。幽欢之时，彼此如梦，问他则甚！——《牡丹亭》
这是一位母亲在听了女儿叙述的奇遇后，对女儿说的话。意思是与爱人巫山云雨，彼此都是对方的梦境，不要问那些煞风景的话了。

有时候，读点软绵绵的书是很好的，有重塑和回归之用。昼的百事侵浸，可怜的心似乎不坚如磐石就无法存活一样。柔软的文字是一剂消散剂，拨开积尘重见山河清丽。

人书两闲，也是山高水远。

空山人不识，虚谷房中仙。双亲常临耳，金陵似故乡。母亲常对我说大南山中的狼嗥，仙人洞里住着神仙。新雨过后，山里云蒸霞蔚，缥缈虚幻。那是他们青春里的光辉岁月。如今我来到这片山谷，仿佛是一场重逢。汤山山谷里的小姑娘问我从哪里来，我说不要问我从哪里来，哪里都是我的故乡。双亲已老，青丝白发。如今似乎才明白那超乎寻常的倔强下，是多么可贵的自尊之心。

南京朋友谈吴越，说越人不厚道，吴王俘越王勾践，未杀，存道义；后动情放勾践回越，以结吴越之好。再后来勾践卧薪，俘吴王夫差，吴王夫差虽请勾践感念前恩，但还是被越王所杀。见金陵的朋友越说越愤慨，随口说了一句：不要和他计较，毕竟是吃过屎的人。谈笑风生，转眼千年。

在博物院看完六朝、唐宋、元明清，晚上也只能去秦淮河畔醉生梦死。秦淮岸边柳如是已到虞山寻陈郎。我也回到山谷，采东篱菊煮清心茶。古往今来，天上人间，都是我的牵挂。

景阳梦景，秦淮多娇。残垣断壁之中，有我华夏生生不息的梦影。

游大相国寺遗址，见老者遇佛礼拜，我也是感动的。由于心里有不熄的火焰，神仙们早隐于无形之中，最多也只是我看看他，他看看我，然后相视一笑。有人说每一个人都与我有亲。我也时有同感。古人说的幸福长久的人是：**自己不忧虑，别人也不为他忧虑。**此刻无忧无虑的心情，深知古人的上智。

在山谷里对朋友说：空山人寂寞，也有几分逍遥快活。但人总是爱人的，偶尔抽离也只为看清人间的可爱。饱食终日，无所用心，麻木而不知感恩。抽离如常，唤醒知觉。

自从与山川河流、日月星辰达成默契之后，内心的快乐增加了很多。与世人与自己达成和解，可以免去很多烦恼。众人总是太把自己当回事，很少在意他人，以至于无法认清自己。爱自己的前提是先认清自己，而人们很难认清，到头来只能选择自私。这就是那句"自私很容易，爱自己却很难"的原因吧。

嵇康有一次在灯下弹琴，忽然有一个妖怪进屋，高丈余，身着黑衣，腰扎皮带。嵇康盯着妖怪看了一会儿，一口吹灭了油灯说：和你这样的妖怪同在灯下，我真感到羞耻！看着这段，我好同情那个妖怪，难道妖怪就不要面子吗？然后《广陵散》是另一个和他情投意合的妖怪教给他的。

多年前，有人一定要拉我去某"高级"酒店，听两万元一节的某"高级"大师的成功学课程。我懵懵懂懂地带着好奇而怀疑的心情去了。（我是免费听）看着一些奇怪的人在台上进行一番成功经验的分享，然后"大师"登场了。最后一排穿着黑西装、打着红领带的大师弟子拼命地鼓掌喝彩。我盯着大师的一番表演后，想起了嵇康的那一句话：和你这样的妖怪同在一盏灯下，我真感到羞耻！

"大师"们擅长制造焦虑，因为"大师"们想在焦虑中获益。"大师"们的文明程度还不及荒野中的野狗。

论有些人的心理活动轨迹：晚上干一堆不可描述的事情，然后白天买几只王八放到河里面。还有人留几根乱糟糟的胡子，到处招摇撞骗。由于很多人丧失独立思考，又喜欢依附任何给他"指明"道路的人，这样的骗子市场广阔。

没有广袤的铺陈，那些惊句对我们来说近乎毫无意义。

对那些奇怪的事，总是视而不见，就像从未发生过一样。那些有情义的事情，总是格外感动铭记在心。能爱世人并与世界相安无事不是容易的事，需要不懈地努力和神灵的眷顾。多做一些有滋养的事情，比如看书，比如漫游，时间终会做出偿还。这偿还像青山云雨一般，你沉浸其中浑然天成，如飞鸟归山、彩虹落处。

几日不见山，觉得看什么都无趣。可是山就在那里。走在白马峰下的溧河边上，见河水清澈，粼粼波光荡漾，夕阳轻抚。心里生出一句：河水清澈而流动，那是您的心吗？

秋叶欲渡，雨烟四起。与友聚散，驱车独归，觉乌云幕后星河灿烂。闲步百猫园，雨越下越大。黑色灯芯绒外套已滚落雨珠，夜雨催人早归。见楼下茶花可怜，携红妆入怀，今宵不虚度。

天晴之后就是温暖而性感的冬天，穿上那件可以充电的衣服去山里漫游，看层林尽染。像一个孩子行走在崇山峻岭，时有荆棘刮破衣服，刺痛肌肤。他没有感到难过，这衣服的划痕与刺痛的皮肤更像一场狂欢之后的余味。继续欢乐地往前行走，四季在心里变化。行走多年之后，他也没有长大一些，只是不管多么忙碌，内心多么风起云涌，他看起来都是一副无忧无虑的样子。

抬头看到星空满天，那颗最亮的还在等我。古人认为每个人头顶都有一颗属于自己的使臣星。月亮放牧满天星星，人间芸芸众生，愿有一颗属于你的星星。

有挚爱的人是快乐的事，在混沌之中恍恍惚惚且喜且悲。那些过于清晰、明亮的眼睛里，很少有痴迷的东西。爱与不爱都过于明了。我们似乎都在用力地想握住一些东西，有时候甚至略显慌张。生命总是伟大的奇迹，那只秋虫为了多活一天拼尽全力。

近年渐觉人心的脆弱，你的朋友对他人做出了奇怪的事情，你不要感到庆幸。因为终有一天他会对你做出同样的事情。

在我们这个时代，一切神都过时了，唯有自己的心神常在。

积累文字终成方舟，能确定的是可以渡自己。

人须求可入诗，物须求可入画。
人要有可以入诗的韵味，物要有可以入画的美感。

前面有一则说：天下有一人知己，可以不恨。不独人也，物亦有之。如菊以渊明、梅以和靖为知己。

有一次秦穆公丢失的一匹宝马跑到岐山之下，被当地山民抓来炖了吃肉。后经官员侦查，将吃宝马的三百多个山民全部抓起来，说是要治罪（死罪）。有人将此事报告给了穆公，穆公曰：君子不以畜产害人，把这些山民全部放了吧。还说：吃了这种宝马的人，要是不饮美酒都会害病的。然后命人送去美酒，赠予众人共饮。后穆公与惠公大战韩原，穆公身处险境，忽冲出一群舍生忘死、衣衫褴褛的勇者，他们救穆公于韩原，俘惠公，奏凯而归。这些义士正是当年偷吃穆公宝马的人。

　　归途遇云隐半月，悬于东方，像极了一个梦。

　　翔龙安卧于杯盏之中，运筹天下之智。枯草藏于白雪之下，积聚破土之洪荒。

　　"年轻人竖起成千的樯桅驶向海洋，老年人却撑着遇险得救的小船悄悄驶进港湾。"心有千梦总归舟，归舟、归舟是否满载少年的梦。离港的船，洁白的帆，归来的时候让我们再换上洁白的帆。

　　如果不用借物来贵人，是多么开心的事。可是人心又是那么脆弱，怎么能轻易地做到。那些特别珍贵的东西往往是不自知的，因为它近似浑然天成，融于自身之中，觉得事物本身就应如此。时间越久，就越觉得有些人事像那梦中的事物。

在一片荒诞之中，真实不虚的东西反而显得不真实。不过没有关系，荒诞就由他去荒诞，真实不虚的东西，永远真实不虚。

"过多地锻炼思想和过多地锻炼肌肉都是一种堕落。"

"纵使做好事没有好处，做坏事也有极大的坏处。"

说人在悲伤的时候更像人。悲伤看起来有点沉重。有时候有点淡淡的悲悯，也可以更像个人。还有人说：过于喧闹的快乐中感到了可耻。

阿多尼斯在打猎中受伤致死，女爱神阿芙洛狄忒极悲伤。阴间的神哀怜她，准许阿多尼斯每年回到人间六个月和她同住。在挪威的海边，北极狐冬天来临之际会与爱人告别（北极狐终身忠于伴侣），到来年太阳重新升起温暖大地的时候，再在彼此约定的地方重逢，重新通过仪式来确认彼此的亲密关系。聚散差不多也是六个月。

菲洛皮门打败斯巴达后，城里的一个贵族要宴请他。宴会这天他一个人先到了。因为年老又长得丑，衣着也朴素，被宴请他的女主人（女主人不认识他），安排去和侍女一起拾柴烧水招待菲洛皮门也就是他自己。他的贵族侍卫到了后问女主人菲洛皮门人呢，女主人说没有看到，前面只来了个糟老头子，被安排到后院烧水去了。

贵族侍卫匆忙赶到后院看到这个几次带领雅典人民打败斯巴达的大英雄正在躬身取水，非常惊愕。

菲洛皮门对侍卫说：我在为我长得丑赎罪。

点燃的烛火，像是一盏心灯。万千世界在夜的遮掩下，铺陈开来。从古波斯经过尼罗河，流浪到光怪陆离、活泼可爱的古印度，见过许多神奇的人、神、妖、鸟与兽。窗外雾霭沉沉，"天涯海角"处仿佛是最后的岛屿。

古印度的幻想与浪漫，天真活泼接近神性。

看朋友的文字："人永远不能到达彼岸，懂了，就会安住此生。"其实那天在山顶上的时候就已明了。四周惊涛击石，风吹松浪，雾如流云，那块石碑就立在佛门前，这是佛的慈悲。你我同舟，共赴彼岸，一路山高水长。同登彼岸后见到彼岸不过是一座座孤岛。你我都心生感激，感激前程有伴，看天水一色。舟系于岸崖，不知是否再能与您同舟。

晚归，步履匆匆。抬头见落日西斜，驻足观赏。一对中年夫妻见我驻足路边，随我西望。对语二三，此对夫妻极平常，观两位面色，心里知道他们很恩爱。（他们身上、眼中在散发爱的因子）

轻声细语中有股强大的力量，逆来顺受中蕴含着改变的企图。

觉得全世界都对不起他的人，终有一天自己也会对不起自己。

朱丽叶说我付出的越多，得到的就越多。有人说：那是小孩子之间的游戏。大人之间讲究的是利益。（大人真无聊）

人类历史非常有趣。两千五百年前的春秋时代，人类进入了相对理想的状态。西方是以古希腊文明推动的理想古典时代。东方是以周礼兴起的礼乐文明时代。那个时候人们就是在战场上，彼此都还保留尊严和荣辱。看过一篇楚国将领递交给晋国文公的战书，不得不承认那是个理想的古典时代。

现代人"聪明"而堕落，气节、风度、荣辱，在哪怕蝇头小利面前都不堪一击。所以说不要轻易地试探人心，人心经不起试探。古典时代的人心多少还是经得起试探的。

古人都是席地而坐，遇人不淑就拔剑割开，痛痛快快潇洒飘逸。

去繁从简，心神常安。大而阔，阔到无界，可使福至。李斯说："府库如此充盈，粮仓漫溢，若再不开启一统天下之路，就要烂在粮仓里了。"秦王说："六国之民，多有不能温饱，解天下庶民于倒悬，时不待我！"

因为人会自然地把自己想得比实际上更聪明一些，所以时时刻刻提醒自己不要自作聪明。看到别人在局限里的执念，也要提醒自己须看到自己的局限，并努力扩展它。不为一念执着，被困住可悲。对一切存疑，是智者的基本表现。

最近吃什么都觉得索味，于是逃到了美术馆。生活每天都平淡无奇，可又觉得如梦似幻。游走在无穷尽的未知里，像一个迷宫，又像一个乐园。

呈现出美感是艺术家的良心。

寒风将至，澄若神明。
摄人心魄的美之中，总是显示出一种静穆。

神要是可以见出等待他们的命运及其发展，神也会觉得乏味。

希腊神话就是在这样的夜与清晨交际的时刻写出来的。12 月 30 日夜，寒气袭人，狂风不止。

遇见的人，那些心怀善意的朋友让我们觉得世界如此可爱。

六、荒村、孤烟、瘦狗

诸神们纷纷走向战场，荷马悄悄地退了下来。有人要成为英雄，有人要留下来写英雄的史诗。当年《伊利亚特》的海岸上，英雄时代的英雄们正在为各自的荣誉而战，声震天宇。奥林匹斯山上的宙斯，搬来一把椅子，坐在奥林匹斯山巅观看人类的战斗，"人类之间的战斗是他的消遣"。他手持雷电，凡人与天神都尊他为万王之王。

现世的生活如同藏地的坛城，僧侣手中的细沙，如同我们的肌肤与骨骼，一点点建成神的居所。又在顷刻间泯灭，化为泥沙，回归大地。

采沙、捣洗、润染年复一年，在看似徒劳中完成生命仪式的轮回。人的心里要有那样一座城，完成之时已留在心间，诸神也将移居到那里。

说到西藏，总免不了经轮、坛城、风马、格萨尔王。上次旅行从西藏陆路进入尼泊尔，当客车翻越五千多米的喜马拉雅自然保护区时，我请藏族司机停车，让我们这些没有见过世面的平原人下车欣赏一下壮丽、辽阔、连绵的雪山。下车后感觉举步艰难，走路如同经历了长跑一般。再次上车的时候，藏族大哥对同行的人说了一句：汉人朋友制造的车还是很好的。估计这车陪伴他走过很多次千山万水。客车沿着崖壁盘旋而下，雪山连绵，一旁是万丈深渊，一路惊心动魄。后来脑海里浮现出应该有一种叫"高山人格"的东西存在。

高原离天近，日月星辰也常看见，地也广阔的，可以一目千里。看到他们多满脸憨笑，我想他们心里的天地也是广阔的。

最近老是想起埃斯库罗斯的《骑士》。人类还是喜欢互相伤害，什么黑的、白的、黄的、蓝的、紫的、山里的、城里的，互相嘲笑互相诋毁，彼此争强斗狠，简直像个野兽。虽然生与死对于大自然倒是无所谓的事，难道不觉得无聊吗？

英雄亚基比德，风流潇洒，放荡不羁，盖世才华挽狂澜于城邦水火。一边是拉斯地蒙人的步步紧逼，一边是波斯人的虎视眈眈。亚基比德在被崇拜与被嫉妒之间被命运来回激荡，最终惨死他乡。前面看到的几个英雄的结局也差不多。虽然知道人性中最丑陋的是嫉妒，还是如有新知。你想做英雄，你可知道英雄往往都是不得好死。真正的英雄不在乎这些。

人应该不是神造的，因为那么完美的诸神怎么可能把人与丑陋的嫉妒之心同时造出来。

日本作家夏目漱石的学生来找他，问他家的地址。他告诉学生，某村某路边房顶上长出很长野草的那户人家就是了。妻子看他每天游手好闲，要死不活的样子，很是恼火，问他是不是连呼吸都不很情愿，他说还真不在乎……

徽州有一位老先生在出生后，被家人以二十个银元卖掉了。家人在卖身契上留下了八个字：高山抛石，永不回头。一九九四年，他在刘海粟美术馆把一块心爱的砚台"对眉子"卖了。后来他花了六年时间寻找这块砚台，并于二〇〇〇年得以回购。从此，他开始收藏徽砚。年近古稀的他哽咽着说：有些东西是不能卖钱的。现在在徽州有个徽砚博物馆，名叫"归砚楼"。愿每个好玩的人都长命百岁。

人最大的罪恶是欲望日日变化不定。有些看似平凡无奇的事，只要坚持下去，就会成为传奇，成为不朽的故事。如在巴蜀高山一个台阶一个台阶为爱人修筑云梯的人。巴蜀自古都是活泼可爱之地，那也是离天国很近的一片神奇土地。

人重要的是：看起来是个好人，实际上也是。而他人也无可奈何，且不为奈何所动。做个好人是个技术活，因为要做个让坏人无可奈何的好人，才能称之为好人，否则看起来像个蠢人。没有人会真心实意地喜欢一个蠢人（因为蠢人总是让人生气），最多是同情。坏人总体来说不是人，所以可以忽略不计。

只有在超越自我、与自我对立相望的时候，人才能看清自己。你是谁，你要到哪里去，你是知道的。有人说，成为神仙不是很复杂的事，只要清除那些芜杂的多余。想起了那句：虚室生白，吉祥止止。

众人在世间享受不了什么东西，邻居的眼光也不重要。内心的真实感受和相映的情感体验，是人可以享受到的现实生活。寺门口挂着各种的匾额，只有那幅"莫向外求"是释迦牟尼的话。

有时候是这样的，你要去看灯火灿烂，却只看到断壁残垣。

在你的心里，我看见倒映在湖水中草山上盛开的野蔷薇。

好看的事物总是能滋养心性。今天一个特别好看的人说：单纯的人有两种，一种是被保护得很好，另一种是经历过万水千山，早就风轻云淡。（这两种人也许是彼此最好的伴侣）

看《中国植物史》，忽然明白了十九世纪小仲马笔下《茶花女》里的玛格丽特为何挚爱白色茶花。那个时候产于中国的茶花刚刚由"植物猎人"带到欧洲，白色茶花对欧洲人来说还是遥远的东方世界照进现实的梦。

年轻人就是把老人家认为绝对不可能的事情变成可能，年轻真伟大。前面说年轻就是堕落都显得很动人，刚刚散步的时候想到：年纪大了，总是显得一副无可救药的样子。他们又说：真正的勇士，敢于面对惨淡的人生。

很多人不知道自己在说什么，也不知道自己在做什么，有时候我们站在一边默默地看着，也是没有办法的事。默默是一种美德。

力量在静默中积聚，柔韧自知，清澄如溪，不可止息。

四野阒寂，北山默然，星辰浪漫，人性深不可测，显得形式美愈加动人。

我们不断地学习未知，努力创造财富。有时候是为了建一道屏障，屏障外隔绝一些不堪，屏障里保护自己和我们所爱的一切。

智慧是唯一可以依靠的东西。

据说手艺人都比较长寿，他们一般都专注手上的事情，别无他物。我一直想去学个木匠，但是又担心自己的十只手指能否保全，以至于至今一事无成。

一个小伙子说：在草原上，人与人的关系特别好。像我叔和我婶，方圆几十公里没有人，他们俩很快乐地生活在一起。

我们就像是干旱地区的鱼，唯有以沫相濡才能活下去。
那就祈祷早点下雨吧……

雨夜无事，可以想想平淡天真的朋友。青春以肉眼可见的速度流逝，玻璃罩里跳动的烛火，像极了我们当下的青春。

心有万壑，不及登峰望远。久居城市，难有豁达空境。天竺山下，南山路，西子湖中晚戏舟。归溪归兮，随我心意。

生如蝼蚁，当有鸿鹄之志（蝼蚁的鸿鹄之志有蚂蚁那么大吗？）。生而为人当立天地间，不用与蝼蚁、鸿鹄这些禽兽纠缠太多。生而为人多么幸运，时刻保持自尊且有羞耻之心。神只住在怀有自尊之心的肉体里，反之神离而魔代之。

"他把亚里士多德比作流着金子的河流。谈起柏拉图的《对话录》，他说朱庇特就是用的那种语言。他也说过，阅读狄奥弗拉斯都斯是一种奢华的享受。当他被问到自己最喜欢德摩斯梯尼的哪篇演讲时，他回答说，最长的那篇。"

"西塞罗在被驱逐流放时，那些他曾经给予过恩惠的人，几乎都拒绝帮助他。那些曾经与他争辩的对手，有很多人都伸出了友谊的手。"

"凯撒：对于不喜欢的菜，自己不吃就算了。要是以此来指责别人没有见过世面，那正说明自己毫无教养。"

安东尼最终死在埃及女王克丽奥佩特拉的怀里，虽然安东尼一生浪荡不羁爱自由，最后因爱一个女子丢了半个欧洲。克丽奥佩特拉的情人们分别是庞贝、凯撒、安东尼，这到底是一个什么样的女子？

看欧洲就知道女人的智慧。

不懂得爱人，很难爱己。有时候爱人会让我们觉得肉身可贵。

有时候我们沉默，只是不想用假话去回应谎言。

不远处的小河边传来美妙的萨克斯音乐，我忽然想到腓力二世对亚历山大说：你把笛子吹得那么好，不觉得可耻吗——罪过罪过。每天走同样的路，总是看到不同的风景。楼下走一圈，花花草草都很可爱，与昨天看起来都不同，它们好像在说：对我们心怀善意的人，我们要虔诚。

憨　墙

树在夜里爱慕西墙的诗意，
灯是无心的维纳斯。

金乌托起日神，

树才发现爱的只是自己影子。

憨墙静默，四季如是，很无辜。

看到有人钓起一条红色俊美的鱼，说先养着——等几天后的节日做一道菜。我看照片里的鱼，简直是罪过……这么俊美的鱼是要遨游天地间的意思，怎么能吃！果然无审美者，必无情。

人们可以冷眼旁观他人的愚蠢，可以对他们加以嘲笑，或者给予同情，但是必须听任他们走自己的路。

哲学家必须自证为其哲学家。每个酒神不在场的夜晚，哲学家都在场。安·兰德所著《阿特拉斯耸耸肩》里的丹尼尔一心想研究修辞、形而上学，最后他以做强盗实现了他所有的哲学理想。

西藏唯一的捕鱼人俊巴人，在桃花盛开的季节会在雅鲁藏布江中捕鱼，然后卖到拉萨，拉萨市民喜欢在这个时候买鱼放生。鱼的功德圆满，接济了捕鱼人，救赎了放生人。

在外地上大学的拉姆，暑假的一天看起来似乎有心事。她用竹篮装了几个鸡蛋，来到一处温泉，把竹篮放到温泉中，羞涩地等待温泉水煮熟鸡蛋。拉姆提着竹篮来到西绕放牧的地方，西绕问拉姆什么时候回来，拉姆说快了——他们来到湖边大声呼唤，湖里的鱼儿来到湖边。他们投了一些青稞喂养碧蓝湖水中的鱼。不善表达的西绕又来到山涧，扬起了多彩的风马。随风

— 171 —

飘散的风马就是他们此刻的心情吧——年轻人因为信，所以就有。

  一位船夫撑着竹筏渡了一个沙门过河，沙门无以回报。

  渔夫说：但愿你的友谊就是我的报酬，愿你向神灵祈祷的时候想起我。

  命运长河里不止一条鱼，命运长河里的鱼很多。

  除了自己以外，有一个可以诚实说说心里话的人，值得我们诚惶诚恐地祈福。每一个人的自我都是他的整个世界，所以我们的孤独都是无边无际的。世人总是太爱自己，最后又觉得自己什么都没有。

  又听见那个船夫说：愿你的友谊就是我的报酬，愿你在向神灵献祭的时候想起我。

  那个被船夫渡过河的沙门，准备走出树林，去过骄奢淫逸的日子。他去找一个富商合作，富商问他拿什么与他合作。沙门说他有三样东西：思考、等待、斋戒。这几日，我一直在想这三样东西，路上还在想，把各国领导人多一点换成女性，估计有利于世界和平。

  你想让我渡你，可是你又不够虔诚。不够虔诚是不行的。佛说：三千年轮回才得人身。你却说：生而为人，我很抱歉。佛又说：那三千年，你苦苦哀求我，让你早日为人身。

  朋友发来消息：前天读到"爱就是上帝在言词上最全面最完整的呈现"。

我回复她：有个上帝还是好的。不过我已经和上帝说再见了，奔希腊众神而去。希腊众神太过于"大艺术家"，所以世人觉得离自己太遥远，最终背弃了他们。那个说九十九个人背着十字架，空手兀自站在一旁的便是耶稣的人，实在是太了不起。有人说撒旦长了一双羊蹄子，可是偶蹄类的动物一般都是食草的，而且性情温顺。撒旦估计是派到魔鬼那里做卧底的。

如果没有众人的首肯，众神都无法存在，然后众人首肯了，众神就开始装模作样，作威作福。众人应该给众神建立考勤机制，要是这个上帝做得不够好，我们就换一个，要让他们有危机感。这样才会真正有"神爱世人"。越兴师动众、冠冕堂皇的话，就越接近酒鬼的梦语。**什么东西只要发展成什么教之类皆让人生厌。**

由于觉得公道是最高的智慧，很少有什么妨碍我的自由。

雨夜绽放的白玉兰，像是落满一树的白鸽。高大的灌木在早春开出一树雪白的花朵。若清晨雨停花落，就当是白鸽飞走了。

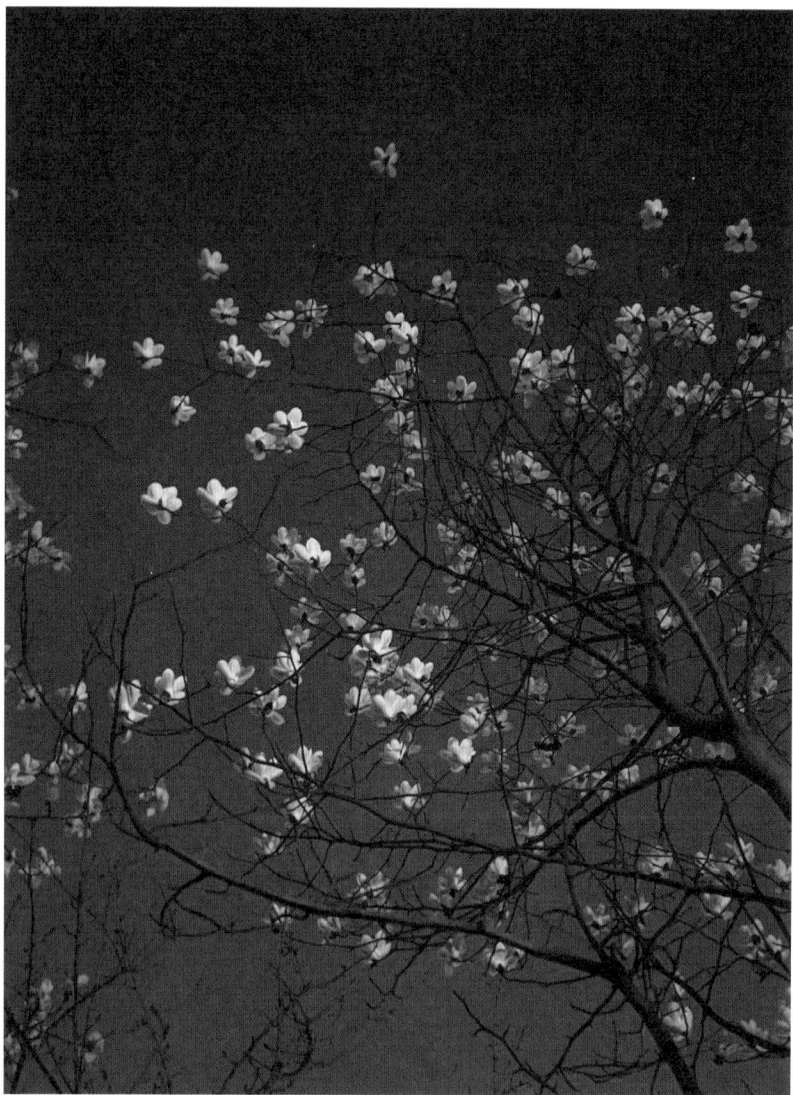

早春的玉兰（虞公子／摄影）

梨花又开在山谷，那个携酒赴约的誓言是否还记得。一路走来，穿越情欲的沼泽，越过荆棘的荒漠，春衫渐薄并肩前行时你递过来的手，温暖彼此来时的路。

问：你离去得总是很潇洒。

答：我在心里早就做过漫长的告别。

你若决意挽留他，一定要知道他其实也不想走。

与各个地方的人浅浅地接触，其乐无穷。从一个人的身上可以看到他的文化背景（有些人是无法看出的），然后脑海里延伸出那个地方的历史和历史故事。

有一天在美术馆的茶舍喝茶。茶舍里就我一个人，还有两枝插在陶器里的木槿花。忽然门被打开，进来三位客人，他们还没有开口，我心里就说来了三个"古越人"。他们身上每一个气息都告诉我，他们是原著的越人。

后面人越来越多，他们与我一起喝茶，并邀请我去他们美丽的绍兴游玩。有些场景印在记忆里偶有浮现，是很有趣的事情。

所谓地域，都是人类的游戏。人类喜欢画地为圈。飞鸟与鱼都没有地域，候鸟迁徙也不用办护照。古人说：青山一道同云雨，明月何曾是两乡。现在的人还在问：你是哪里人？

由于那个客人说话太温柔且不管什么时候都用很优雅的语气委婉地表达（哪怕很着急的事情）。每次她说话，我心里都在想她说什么我都答应她。

什么让你觉得舒适，什么对你就是奢侈。

晚归带回一枝被风折落的李子花，反正每年满树的李子也没有人吃（李子树说：我开花结果不是为了给人吃）。静默的树，人用自己的意念把生气灌输给它。这是人与树的链接，树便有了灵性。

有时想开口说话的时候，想起了被强盗绑在树上的倪云林，然后就一句话也没有再说出口。有时候我想尽快逃走，只是因为我想起了嵇康灯下遇见的那个他不喜欢的妖怪。

窗外是风雨交加的夜晚，实在无事可做，邀请了酒神，一起神游太虚之间。午后躺在窗台边，外面风吹雨声让人深觉：用肉身抵抗四季是不容易的事。

天气阴沉，有人觉得生而为人很遗憾，又在那里悲悲戚戚、戚戚哀哀——佛终于看不下去了，忍不住了，揪着他的耳朵问道：前世那个荒村、孤烟、瘦狗，可不是这样跟我说的！忙忙碌碌之后，前世的荒村、孤烟、瘦狗竟然后悔了。果然欲望日日变化不定是人最大的罪过。

你说：如果有下辈子我们一定要在一起。
我说：难道今生不正好是上辈子的来世吗？

"那些说学习哲学为时过早或太晚的人，就像在说获得幸福为时过早或太晚一样。"

朋友说：望着外面的春天，有点无心工作。

我说：春心爱自由。

归家，在地图上搜寻路线，最后选择了一条沿着淀浦河的蜿蜒小路。在江南春光烟雨朦胧中蜿蜒前行，梨花开在桥头，菜花金灿灿地散落在田野，春草勃勃鲜翠欲滴。路边多植有松树，亭亭如盖散落在两旁。河边小径虽然曲折蜿蜒，甚至惊心动魄，可是有趣。既然终点不可改变，何不让道路变得有趣一些。

总是感觉现代人少了点什么，后来想想应该是体面。散落在西北幸存下来的书简里，看到古人的体面。一个朋友在和她的姐姐述说自己"不幸"爱情故事时，她姐姐建议她多看看历史，这样就不会觉得自己那样不幸了。去餐厅的路上快到店门口的时候，天空之中飞着一只鸢，面前走过一个特别好看的人。

螺蛳粉到底是什么粉？如果爱情只不过是徒劳无益，不如吃碗螺蛳粉。

爱由想象力滋养，可以让我们变得更有智慧、更善良和更高尚。透过爱，我们得以把生命看成一个整体；透过爱，也只有透过爱，我们得以欣赏别人的理想状态外还欣赏他们的现实状态。只有美好的事物和构思美好的事物可以滋养爱。相反，任何事物都可以滋养恨。

一个人不能永远在胸口养着一条小毒蛇，不能每夜醒来都往自己的灵魂里栽种荆棘。

——《自深深处》奥斯卡·王尔德著，梁永安译，湖南文艺出版社出版从前在阳光灿烂、喜气洋洋的甜美空气中，我们总是愁颜不展。

但丁在《神曲》里把那些动辄愁眉苦脸的人安排在地狱的最底层。

我们总是在他人身上看清自己，然后慢慢与自己和解，宽容自己与他人。

凡是由"灵"所生的人都像风，随着意思吹，你听见风的响声，却不晓得风从哪里来，往哪里去。把一些事物看透彻后，会像有微风吹过心间。

每看完一本好书，就又有很多本新的好书在等你。有时候想想算了，这辈子也不能看完。把它们扔在一边，看都不想再看一眼的那种决绝。窗外杨柳又依依，想起了曾写过的小诗，有种城南小陌又逢春的感觉。不过心里知道，这点悲戚不过是饱尝快乐之后的一种伪装罢了。

磅礴的新生，大地在隆响，消融万物的疲惫。

那个靠得很近很近，想彼此交换半个灵魂的人，那时是很爱的。每次心猿意马的时候，都原谅自己还是太年轻。人总是对自己过于宽容。

朋友问：假如生命还剩下最后一个小时你会怎么度过？答：留下半个小时与爱的人做爱，另外半个小时一个人去到深山里死去。死在深山无人知是一种理想。

我问她会怎么过，她说去到海边，然后慢慢走入海里。

我说我会划着一只小舟在那里等着你。

永乐大帝临终时在榆木川喊出最后一句话：夏元吉爱我！朱棣真幸福！

他在《修辞学》第二卷中写道："一方面像某天会产生恨意那样去爱，另一个方面又像某天会产生爱意一样去恨。"另一个人说："不把他人当作物品或者得到物品的手段，而是当作自己来看待。"

大理古城父子对饮，结果父亲喝多了。父亲不知道果酒的后劲那么大，后来问金花才知道，果酒要用高度白酒泡才好喝，因为沾上果香虽然度数高，喝在嘴里的时候还是甜甜蜜蜜的。上菜的金花不小心把菜汤洒到父亲的裤子上。父亲吃完饭，吵着要去买裤子，父亲是个体面人，绝不穿带油污的裤子。我搀扶着父亲，母亲、妹妹一前一后一路游荡在古城晚灯初上的街头，找他喜欢的新裤子。如此父子至亲走在大理古城的街头，也是人间美好。

这两天看着我紫黑色的指甲，怕是与木匠已无缘了。山里的那块红薯地，也失去了往日的吸引力。漫游历史与穿越时空，看起来安全可靠，永褒魅力。

每一天如果都做点"好事"，有意思的事或者滋养心性的事情，像是一个极其有价值的储蓄。靠着这些储蓄，可以度过未来的风风雨雨，并体面地面对自己和全部"生活"。如果对回忆不满意，不如过好现在的日子。现在的日子就是将来的回忆。

夜深无意开窗，对面马路的广场上，传来巨大的"音乐"声。一群人还在疯狂地扭动身体。忽然间想到，在脑袋里建立游乐园是很必要的，这样可以让身体得以更多休憩。

由于经常穿越各种生活状态与环境，各个生活呈现出一个个断面。在一些场景中，像是在幻境。有时真实的生活，也显得特别虚幻。他们称这种"虚幻"是真实的生活，而我却觉得这"真实"是真正的虚幻。世人说的那种安全可靠的生活最危险。因为那是真正的虚幻。如果能一直虚幻，永不生疑也很好。

眼里时常见的出"天才"或者说曾经的天才，只要留下一丝影子还是认得出来的，慢慢地脑海里浮现出一句话：即使是大天才也要冲出重围。

总是高估人，难免会有心有余悸的时刻。即使经历一个又一个心有余悸，也此心不改，甚至有时心有余悸也是假装的。把所有的人都想得好一点，不是对别人的宽容，是对自己的仁慈。

朝生暮死的凡人，偶尔醉生梦死也可以原谅。《会饮》这个历史上有名的饭局，一群无所事事的人天马行空般地讨论人与神的生活。认识了教导苏格拉底什么是爱慕的女性叫狄奥提玛。刚刚看到她的一段言论，任何能说出这样的言论的人都很了不起。

与朋友讨论灵魂，几个月以前才认清灵魂。就像我们按照人的样子创造上帝一样，自己的灵魂更是可以时时刻刻地按照自己意愿，随心所欲地自由创造或是毁灭。有时候看看昨天的自己挺不好意思的，这是很好的事情。

早上推开窗户，烟雨江南，氤氲的水汽轻披在嫩绿的新叶上。"南风之薰兮，可解吾民之愠兮。南风之时兮，可阜吾民之财兮。"那毕竟是先秦的歌，吹的也是先秦的人。中午因为友爱的缘故，出门走到熙熙攘攘的人群中，觉得南风也难解当代"吾民之愠"。每个人似乎都急不可待，靠着惯性与本能"往前冲"。

傍晚时分一个人坐在一棵还有点残花的樱花树下的石阶上，边上是一个古制石桥，紫藤缠绕在两边的石栏上，对面是一尊黄道婆雕像。一个少年带着一群四五岁的小孩子在讨论风，以及风是否可见——少年拿起一片落花，又让风吹走了它。

风不过是随着意思吹。风还有四个兄弟，名字叫东、南、西、北。当风有了名字，在它的狂暴中似乎有了一份风的浪漫。坐在四千多年前良渚文化遗址，颇有清明之意。

昨晚宿醉。此刻想到了酒，酒是否可以带来快乐，快乐应该是清醒下的一种体验，存在于意识中。宿醉应该不会感到快乐，因为意识迟钝或消失，最多只是忘记痛苦。

朋友发来消息：此生辽阔，不要轻易束手就擒。可现实中有多少人能不被生活困住。不知道该怎么回复，我说近几天我经常想到你。她问想到她什

么，我说就随便想想。

只有超越"现实生活"，别无他法。太子湾的春天又在说：春光易虚度，不如早早相逢。

经纬规正、田陌交错的油菜花海里，有一块规整平实的空地。我问那个种油菜的人，为何留下此处。他说：春天的时候，人们来到我的油菜花海里，总会有人想跳舞。这块地就是为她而留。

"人在美的状态及在追寻美的行动中，最能体现出美德。爱慕是最高的神，是一切美德之源。"

说到审美，就是让一切变得有意思，赋予价值的意思。想起一次古希腊关于渎神审判中，在即将判决受审人死刑时，辩护人在情急之下，扯下了女子的长裙，并告诉元老院的法官们，如果判决拥有这样美丽肉体的人死刑，才是真正的渎神。（古希腊人认为美丽的身体是神的恩赐）后来元老院的法官们一致同意，当庭宣判女子无罪释放。此女子名叫芙丽涅，公元前四世纪希腊美女。在一次祭祀海神的节日盛典中，她从海里赤裸裸地跳了出来。

后来希腊人替她在德尔斐神庙立了一座金像。十八世纪法国画家——让·莱昂·热罗姆为此画了一幅名为《法庭上的芙丽涅》的美丽画作。

《法庭上的芙丽涅》局部——让·莱昂·热罗姆

想想王尔德——大英帝国"最后"的大天才，被无辜卷入牢狱，出来五年后就离世了，只有四十六岁，也难免伤怀。他的书信手稿《自深深处》对人的启示是：要学会说不，遇到任何把你带至难堪境地的人都要决绝。

小时候读《神曲》，仿佛打开了一扇大门，神游三界，惊奇但丁之神游。昨夜重读《离骚》，仿佛混沌遇惊雷，屈子揽凤凰驾游龙，佩兰生香，神游九万里，梦里归故乡。世间有过如此烂漫楚子，世间可爱了许多。那个看完《离骚》掩面而泣的人应该是个好人。

九歌未央楚子声，香草美人汩香魂。
九州难忘《离骚》客，三千岁来少年人。

四月的雨天最好看，雨落在新生的树叶上，像是触摸大自然的琴键。雨不过是一片可爱的云，云不过是你我曾经踏过的一条又一条河流。深知每一寸光阴的珍贵，无以为报，只能在看雨打树叶的时候付出真心，对每一片树叶付出真心，天地万物都见出我的真心，唯有如此才觉得踏实可靠。只有在真的时候，才真实地活着，赋予了生命的意义。假的都没有意义，辜负了光阴。

所谓的生命是一串光阴的念珠。

和茶馆的小姑娘说，我也不知道这里是哪里，开车有点累了，正好外面有停车的地方，就走了下来。恍惚如梦，像是在梦游。看到这天竺筷我还是认得的，片儿川也很好吃，这里应该是杭州。对面那个屋顶上长满了杂草的房子，应是住着"哲学家"，哲学家一般都是又笨又懒又好吃，以至于要么被老婆嫌弃，要么被老婆打。

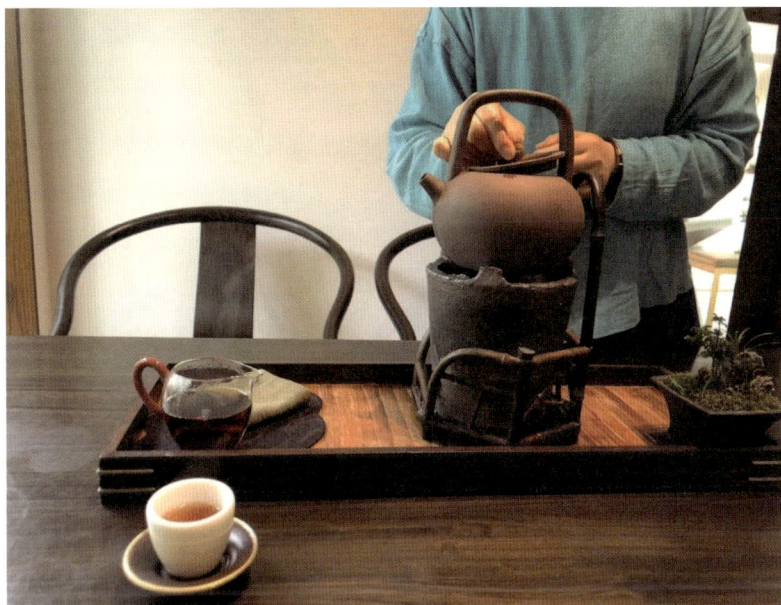

摄于杭州青藤茶馆

　　眼前是一排排高耸入云的杉树，想到川端康成笔下的《北山杉》。千重子和她的姐姐在那片笔直、直通云霄的杉树林突遇暴雨的情景。姐姐用身体护住千重子，来慰藉这对久别重逢的孪生姐妹。

　　常行于绿野仙踪，虽不能烈焰成池，也偶有清泉石上流的清净。晚上借住在灵隐寺旁一栋独立的房子里，房主布置得雅致温馨，看着床上的花被窝，心里想要是天天有这样的花被窝睡，什么家不家的也都无所谓了。

　　早上去到永福寺，时值胜春绿苔满阶，翠竹枫林，微风轻曳。下山的时候看到几个很年轻的出家人，一脸无忧无虑的样子，面容俊朗，身姿挺拔。

想到前面上山路上听到的梵音，想必就出自诸位之口，那一刻我也想去当和尚。

后来走到了"墨香琴韵"的时候，又改变了主意，几个着古装的好看的人儿在那里游玩拍照，红尘中还有那么多好玩的人在等着我。

一个人的隐私或者说私生活，是一个人的王国或者说一个自己的秘境花园。花园的门一旦被打开，供人游览，草木之灵气便慢慢消散。比如你去到一个地方，环境很幽静，但是因为一些原因，此地有很多人去过，虽然你去的时候人迹稀少，但是还是能感受到那种喧嚣过后流动着的气息。

前面和朋友说到好玩的人，好玩的人就是做什么事情都会好玩的意思，与好玩的人在一起空气也会变得很有趣。

在中国丝绸博物馆正在呆看一块宋代褐色缠枝山茶花罗，听到一群人在大声喧哗，觉得挺不好意思的。古人应该没有想到事情发展成现在这个样子。那顶唐代如梦似幻的帽子没有看到，多少有点遗憾，不过宋罗也是难得一见的美景。

低着头走过小桥，在想一些远方山高水长的事。抬起头时一树在夜色中绽放的白色绣球花出现在眼前，夜空中有着朦胧的月亮，我默默地退了回去，又重新走了一遍。

精神的欢愉，味觉的丰满，什么都想要的人，还是时常想起那几个潇洒的出家人。吃过晚餐走出餐厅的时候夜色已深，抬头见夜色朦胧，灯火阑珊，心里飘出人间真美，我们应该是所有动物的理想。看着远处林立的城市，他们问在看什么，我说：人类的意志。他们说不知道我在说什么，我也不知道该怎么解释。

"每个真实的人，心中都藏着一个想玩耍的孩子。"——弗里德里希·威廉·尼采

杭城闲逛数日，想起阳明先生也曾在武林的山野寺院漫游。王守仁死里逃生，后被贬贵州龙场驿，路过杭州稍作休憩。东厂刺客便旋即而至。月黑风高，钱塘夜涨，朋友备下酒宴宴请刺客，允许为王送行。酒过三巡，刺客再催阳明先生上路，见再无余地，阳明写下绝命信，走向钱塘江。时逢大潮，江岸又泥泞，刺客没有尾随，隔岸远观见阳明入水，万物归于沉寂，便归去复命，"阳明已死"。数日之后，阳明与无为道人会于武夷山岩，沏茶论道。

吾心自有光明月，千古团圆永无缺。人生的最后他说：我心光明。看完阳明先生的一生：困、溺、悟、功、明。没有像看完屈子那样，掩面而泣。而是像阳明最后说的那样：此心光明，亦复何言。愿世人皆此心光明。子曰：朝闻道，夕死可矣。阳明最后说：此心光明。看来阳明是闻得道了。

人在克服自己的弱点和滋养自己的优点中卓然于世。

若非要以己度人，也没有什么问题，假如自己足够大的话。如果自己像个水瓢一样，非要去量大海，那就会很尴尬。

每一个看起来很"厉害"的人，其实也很可怜，那不是一个完整人的状态。

与朋友聊天中最重要的一句话是：驾驭别人的时候，也在损伤自己。

"如果麦子不死，何来金色的麦田。"对于大地来说，我们和麦子并没有多少区别，一茬茬的春去冬来，大地始终伟大着，发生一切，接纳一切，允许一切恣意张狂。

泥土滋养麦子，麦子滋养我们，我们滋养什么呢？

那天看书上说，嘴巴只有在看起来超越它自然属性的时候才见出美感，就是看起来不像是用来吃东西的时候。觉得很有道理，估计嘴巴用来交换彼此半个灵魂的时候是最美的状态。

倾诉者都是人，倾听者都是神。人们去到寺庙、教堂祈愿、倾诉。神们就在那里保持静穆的状态，倾听。凡人的问题是不够虔诚，又什么都想要。

"要的东西得不到，说什么也不要别的。要的东西得到了，就再要另一个。欲望永远都在要的路上……"

月　亮

有人说：她什么都知道，还那么单纯。

我说：她亘古不变地单纯，才亘古不变地迷人。

巢寄他土，晓夜思乡。人事易分，人心常孤独，所以人们指着月亮说：但愿人长久，千里共婵娟。

驻足河边，行人匆忙。想起那个看月亮的老奶奶，祝愿她长命百岁。月在东南，缓缓而归。此生难得，只能与喜欢的人同行，只有如此，此心才能长光明。

忆儿时春雨初晴，氤氲未散，微风轻拂，杏花摇曳，羞羞答答地飘落下来，落在青绿色的泥土上。泥土也散发着春的气息，蠢蠢欲动的芬芳，蔓延在空气中。小时候，草山上白色的野蔷薇和金银花随意地生长，春天准备着诸神的花会，天地悠然自得。

有一次从姑苏城回来的路上，广播里无意播放了一首歌。她淡淡说："外婆的眼睛里，映出草山上野蔷薇花的模样。"在以后的归途中，程小姐一次次地相伴，声如天籁。每次都如沐春风，思绪飘扬，觉得天地万物都很可爱。车子仿佛也不是自己在驾驶，它只是自己行云流水般往前行驶着。

只有战胜或者与情欲的暴君和解，才能享受神赐的自由。月光是小时候动画里的，喝酒是不合适的，睡觉也是不合适的。精灵自己在播放好听的歌。其实一点也不想看书，翻了手边的古籍感觉那些故事好像都知道。又胡乱翻了另一本，伊壁鸠鲁对一个年轻人说：我从你的信中得知你的天性使你过分地沉溺于性爱。这么说吧，只要你不违反法律或社会习俗或干扰邻居或搞垮身体或花光钱财，你可以跟着天性走，做你想要的事情。但是，你几乎不可能不受到这当中起码一种问题的困扰。性爱从来也没有对谁有过什么好处过；如果它不伤害个人的话，已经是侥幸了！

我们不必忌妒任何人，好人不应该受到忌妒；至于坏人，他们越是发达，就越是在害他们自己。——《自然与快乐》伊壁鸠鲁著，包利民译，中国社会科学出版社出版

和朋友说自古就很少有人跳西湖，这个问题只有自己到西湖边走走就能明白。原因可能是看到人间如此美好，那些乱七八糟的事情都变得渺小和微不足道。人间是个游乐场，永不落幕，像西湖的歌舞永无休止。

还有那个说"商女不知亡国恨"的人，很可恨。
西湖的水是一湖柔情似水。

晚　归

晨暮转瞬，我们都是第一次做人。
光阴渐逝，疏疏落落走失了许多人。

没有回头的告别最悲伤，不去过问的往事多怀念。
疏疏落落地走，看繁花似锦，草木成林。

天空日暮，微风吹起树叶簌簌轻声。

顽童晚归，湛蓝的天空繁星无数。

你问我：豌豆花是否凋谢了，玄猫可好？

我对你说：豌豆花早变成精灵，等待着仲夏夜之梦。
玄猫安好，还在溪湖边守护着它心爱的水仙。

日子往复，天长地久的只是有情人。
何以解忧，唯有长相思。

"时间穿过一切人、动物，缓慢地穿过一切生命。
可时间对人的梦想漠不关心。"

所以人要手持梦想，举过天际。

有人问：一个喜欢我的人，我不喜欢他。如果在一起会幸福吗？
答：天地昏暗，万物枯黄。

还有人在问爱情是什么——对于很多人来说只是在索取与精心计算得失之间摇摆不定。所以很多人"要不是听说爱情，不知道这个世间还有爱情"。爱情是一些超越情欲与繁衍之上的东西。只有爱不可以交易，那买卖的是其他东西。

前面说：驾驭别人的时候也在损伤自己。是因为发现那些需要与他人发生直接、密切联系的人，在与众人周旋往复之后，心里的阴影面也在增长，最少变得有些麻木。人总是知道自己的原因，总是原谅自己的结果，所以总是对他人苛刻而对自己宽容。

有人说人间烟火气，最抚凡人心。可是油烟也熏人眼，人心最后也只剩下吃肉和想瘦。常常逃入桃花源，对人有愿而不期。需求归于诚实后，自由在自由地生长。梦想不灭，而更光怪陆离。夜读闲书，总是有种"斯人如故"般的温情。

夜晚散步走到一棵香樟树下，见夜空月隐残云。给朋友发去消息：感觉一切都是稍纵即逝，有点永恒不变的东西是可以安慰人心的。朋友回：宇宙也不是永恒不变的。我把"月隐残云"的景象发了过去，对于我们短暂的一生，她是永恒不变的。

太阳落下，心火永明，有些人心里有盏不灭的灯。

七、景阳梦景

清明新雨，草木萌动可爱。
春鸟、春鱼、春水、春涧中。

山石重叠，劲树道生，裂谷大地之力，
高山河床转瞬之间。

风打薄衣，瑟瑟春寒入骨。
肌肤玉山呼吸温度，方知有别草木。

人立天地间，能楚楚动人者，方是大地之子。

人是神派往天地间的使者，
人的注目使万物有了神的气息。

　　大自然中的美只要几棵树，树的美貌只要一片片叶子，叶子说我的美貌只要一阵阵春风，春风说我只是一个任性的小孩，我任性胡为，充满生机……

　　楚风汉韵怀离骚，几覆城池几池鱼。小菊生于岸崖，顽石戏于溪水。芳草自在无人境，小院庭前松与枫。采薇温酒知你来，晚霞落金映娉婷。

　　迦陵好像说：诗意是生活的本源。有人说迦陵之前新诗人与旧诗人从不在端午节一起吃粽子。迦陵之后他们开始在一起吃粽子了。我觉得无论如何，我都可以吃粽子的，不管什么时候，不管是新诗人还是旧诗人，只要粽子好吃人也可爱。

有时看世界一副无可救药的样子，但是只要还有几个可爱的人，这个世界就一定还有救。当我们在指责、诋毁人类的时候，也是在为人类辩护。

"责难世人的人，终将被世人所斥责。"

少年是骄傲的，看不起雨，也看不起风。少年总是玉树临风。一个少年身着单衣，在大雨中走得无忧无虑，仿佛溪湖边的水仙花。

年少轻狂是好的，最少年少。

晚来看书，见卢克莱修说了半天灵魂，不知是死还是存在永生，最后结论是灵魂是有死的。真是一点意思都没有，简直是一部罗曼蒂克消亡史。转读叶迦陵神仙的文稿，看她娓娓道来，如同与神仙一起遨游九州般的逍遥快活。

谁人有此，谁人为是。那个捧起水花明月映在手心的人，来得不早也不晚。夜晚澄净，同游汉魏六朝。听她娓娓道来，自有不噤时随性唱吟。那个说：谁人有此，谁人为是的人是知己。窗外梅雨，室有清风，我有迦陵，鼓瑟吹笙。自足安乐本无事，偏偏东风抚青丝。我嫌东风知我意，掩窗不问窗外事。佳音在室，浮心廖安。

白天在想：自信的人才会说实话。想想也是难过，看到那么多人在遮遮掩掩胡说八道，也是没有办法的事。晚上读书看到："唯大英雄能本色。"

我说：梦回三国独爱曹公。迦陵说孟德：唯大英雄能本色。

说古风，古风的意思就是陈宫在楼台与曹阿瞒复见时阿瞒说：今日复见，公欲何言？

宫复言：犹死而已。

最近经常做一些好玩的梦。于是天空的幕布落下的时候，总是充满期待。今晚又会做什么样的梦，又会与谁在梦境中重逢、相聚、离散。在虚幻的现实中虚幻，不如在梦境里与另一个自己重逢。有时候觉得游走在一切规则之外，他们说虚幻得像一个梦。他们知道什么！世人笑南柯，岂不知都是大梦先生而已。

昨晚梦中见到你，昨晚过得很好。

落日故人情，谢谢你的澄心一片。与梦中人游奈良，古枫之下几只小鹿像极了古画中的风景。沿着古老石阶漫游，天已日暮，慢慢地升起雾霭，香枫、古松、墙垣——路边散落着一排排可爱的地藏菩萨。鸦雀盘桓在高树之间，似乎穿越回古籍中的平安时代。山门斑驳，宝相庄严。

　　每天游走在各大美术馆与博物馆之间，友人对美有着极其敏感的感知力。我有时候觉得看着她已经足够。良好的伴侣有利于延年益寿，而活得久又很重要。玄学或许是最好的维持关系长久稳定的方式。自由是最好的爱。肉身相搏危险又迷人，所以我们想要十足的幸运和祈求神灵的眷顾。

　　眼睛那么小，却能看见整个太阳。

　　蒲津渡浮桥两岸的力士与牛是东方雕塑力与美的完美体现。

　　金铃无意间映在白墙上，转瞬即逝的一束晨光，美丽的幻影。让我们感受到美的事物便是真实的。风神要是来找我玩的话它会响起，它是风神的使者。金铃东来，梦回盛唐，晚风如你。以肉身抵抗四季的凡人，是应该相爱的。

物欲在眼前，我们说我们要快乐。我们什么都看不见，哪里还有什么快乐。快乐是静默无声、静悄悄流淌的泉。

邓尉山下，有人采访周氏，周氏世代种梅，造梅花盆景。有一棵他养了二十八年的梅花盆景，有人高价求购，他舍不得卖，他说他喜欢它。从他的眼神中看到不舍和喜欢，那恬淡微带喜悦的脸上温情动人。我又想起了那个现在已经古稀之年的高山抛石的小孩："有些东西是不能拿来卖钱的。"

赫拉克勒斯是幸福的，因为他可以站在一个又一个路口。人的幸福或许是还有可以选择的余地。

寥看历史，再看路人，都会有一种悲悯之情。每个人看上去都像是一个个幸存者。历史的某些片段像是一部杀人游戏，彼此攻伐杀戮，世代不绝。本是同根生，相煎何太急？好似一个老祖母的孩子们，后来为了生存迁徙到不同的山头，天长地久有了各自的特点和不同，然后就以这可笑的不同，彼此杀戮。

良辰美景奈何天。想想日光之下，那些慌慌张张的事很是无聊，可是世人在日光之下不慌慌张张，又很难有"良辰美景奈何天"。氤氲缭绕的浓绿，星星点点的人家，人间好似一片芳草地，浓妆淡抹总相宜。

繁枝黛绿点点红，若似无意更动容。
寂静小森有颜色，看完木槿忘芙蓉。

人生如寄，幻幻真真，木槿与你常觉有幸。

收百世之阙文，采千载之遗韵；谢朝华于已披，启夕秀于未振；观古今于须臾，抚四海于一瞬。——陆机《文赋》

人类有向上的意志。

佛说：金刚体，童子心。
若无童子心，最多只是一堆破铜烂铁。

朝露未干的清晨，摘下一朵花，放在手中的纸扇上送给那个想象中的人。那是千年前的一个早晨，朝露秋霜还能遇见有心人。有蝉的夏天，听着《我想和你虚度时光》，摆脱肉体的桔梗在等待她挚爱的人共赴黄泉，真是浪漫。如果半妖可以如此幸福，希望长出猫耳朵。想象力枯竭的人类，只是在等待着自己殡殓自己。

有人说：人不可能两次踏入同一条河流。那是指水不停地流动，下次再来到这条河的时候，河水早已不是当时的河水了，一切都是稍纵即逝。可是水就是云的意思，云就是雨的意思，所以人还是可能两次踏入同一条河流。只是当时的河水和现在的你，估计已经两不相识了。

可以确定的是下辈子是有的，下辈子你或许成为了猫、我变成了石头，猫在玩石头的时候，我们也是彼此不相识的。

有些人会把你想得很好，自然是心怀感谢。有些人把你想得很坏，你也不要怪他，可能他只是在黑暗中挣扎太久，早已忘记了还有光亮。

夏日新生·意乱情迷的傍晚

雨后初晴
水雾抬升

天地之间，漫生朦胧之气
显出初生之美

草木盛极，夏蝉嘶鸣
已有衰败之势

岁已至半，年华渐逝
不觉中许多事已是物是人非

山高水长是不怕的
最怕的是那水中央已空无一人

在四季如春、醉生梦死的夜，恍然发觉爱是最后的权利。

是非祸福之后，竟然有几分感动。再看一池春水，已有风轻云淡之色。粼粼波光，更显动人人间。

在每一次诚惶诚恐之中，都对这给予诚惶诚恐的人充满感激。现代人与人之间难有敬畏之心，所以也难有甘之如饴的体验。有些时候像是一个不忍探看的深渊。如果一个人可以感受四季沐浴春光，有知觉且有良知的生活那是很了不起的事情。

河边散步，看到朋友昨天说的那个很好看的月亮，清风朗月，更显此生的珍贵。汗流双鬓，心如湖林。记得多年之前一行人去仙居登山，先是迷路山脊，后又困于四面绝壁的山顶，也不知道怎么爬上去的反正是下不来了，后来被后面的朋友用绳索一个一个救下来。

天已日暮，归路茫茫，忽见小径，得以下山，忽闻犬吠，知还人间。坐于村口顽石之上，见炊烟袅袅，鸡鸣狗吠，紫色的扁豆花藤开在菜园的篱笆上。让山居人家做家里最好吃的饭菜，无计成本，单食，单宿。避开众人。那一刻心里极想挥霍钱财，知道它只是一个道具，一个过期作废的道具。另外告诫自己，要记住任何时候都不能把生命安全交于他人之手。

在山顶的时候我说：唯母与您牵我心。

一个少年和他的朋友在极乐寺分别，道别后少年又叫住了她说道：这件衣服穿在你身上真好看。青春年少，爱意滋生。

看了看音乐播放器，今晚就不麻烦你了。今晚有乐谱在脑袋里自己玩得很开心。这个夏季，云彩是小时候的样子，随心所欲地挥霍的夏季，很有童年的意思。

知道什么是重要的事情也是一种很好的体验，体验又是有智生命的本

质。想到一些可爱的人事，现在再看对岸的那条狗都觉得不同于往日。人是可以有一个自己的结节，保护脆弱的身体与心灵。

窗外流云神游天际，也不知道它们曾是哪一条河里的水。天上的月亮照我的时候也照亮别人，我也不能因此不爱它，而是更爱它了。琴音凝集，蒹葭依水，一所天地，自成天涯海角。神游古今好似流云，流云有形，思无形。

照在我身上的月光，也照着别人。我不会因此不爱它，而会更爱它了。你头顶的云，会是我身边的雨吗……

《诗经》里在说木槿花，楼下的木槿花正开着，晚上自己也好像和古人没有什么不同。只是我有手机又有电，前面说晚上是个彻底的东方人，现在好像不管白天还是黑夜，都是一个彻底的东方人。记得有一天与友人一行去喝酒，酒酣而归，见橱窗里有一青色瓷雕，虽已有醉意，还是认出他来。他正手挥琴弦，目送归鸿。见者心神荡漾，似出神曲。记得我对他们说这是嵇叔夜——出门秋风入怀，却不见萧瑟之意。岩岩若孤松之独立，巍峨若玉山之将崩。

以肉身抵抗四季已很不容易，还要以肉身抵抗暴风雨，肉身也很艰难，我们应该善待它。肉身消亡，神将无处可依。风刮得这么急，它有什么着急的事情吗？

骤雨终朝不止，心舟摇漾生滋。

泛游忘川之河，孟婆粥尽而昏。

途走奈何桥上，穿越弱水三千。

"晚上逃到山间庭院扫落叶秋风"，也是没办法的事。幸而有处可逃也就聊以为乐。

多年前去游狼山，时逢中秋。登顶欲离时，有人问我要不要买一盒"开过光"的月饼带回去——我没有说话，扫兴而归。那个要使天下所有有情人觉悟的"菩萨"是很有意思的。让万物显出它的意义并相互连接。

地藏王菩萨说："我不入地狱，谁入地狱。"后又接着说："我不度众生，誓不成佛。"你看真是妙趣横生。地藏下地狱是为度众生，度众生又是为了誓成佛。

塔克拉玛干沙漠都洪泽三百里了，你还在信誓旦旦地说将永远爱我。虽然我们的孤独都没有尽头，但是你说永远爱我的那一刻我是不孤单的。你爱别人完全是你自己的事，别人可以不关心，也可以不知道。别人要是知道，也关心，那是如沐神恩的事情。

可能忘我会让人更自由。总是看到世人无耻地说着我，又说别人不爱我。可是世人对无缘无故的爱的执迷，最后总是显出不幸的样子。

真心可贵。我们现在的问题是：自己绝不付出，还想无缘无故地得到别人地久天长的真心。真是痴心妄想。

你想爱的是一个神，而且还是按照你想象的样子造出来的那种。

刘瑜说：一个人也要像一支队伍，对着自己的头脑和心灵招兵买马。

生活中的人不应做身份的道具。
那就拂去尘埃吧，尘埃终归只是尘埃。

夏天的时候觉得冬天遥不可及，反之亦然。可是他们又说青春在以肉眼可见的速度流失。

孔子有一次让众人言志，别人都说了一大堆要拯救世界的志愿，只有曾皙很潇洒地说："莫春者，春服既成，冠者五六人，童子六七人，浴乎沂，风乎舞雩，咏而归。"有人说：世上每一个"伪君子"都是活着的孔丘。还是过于刻薄，他还有这样的学生。他只是在不可也不用救的世道，他想再去救一下而已。

有时候活得安全可靠小心翼翼，感觉了无生趣。想移步又懦弱，毕竟那个"安全可靠"是个巨大的诱惑。走啊走，眼中的光也黯淡了。忽然某个瞬间被触动，感觉有什么划过心际，眼睛一亮可是又迅速熄灭，因为心如死灰，虽能偶被照亮，却已无法被点燃。若说大悲，莫过于此。

格式化的东西总是显得反人性，总是觉得很可怕，又总是显得很"安全"。

我知道了，这是一个巨大的诱惑，是《源泉》里面埃斯沃斯·拖黑的阴谋。

最近我的心一直在西藏游荡，肉身和精神正好用一条大河连接着。大地日淡，难有好盐。就是那虚无缥缈、转瞬即逝的心有灵犀，是世间最奢侈的东西。

当人企图向外寻求并以此来照亮自己或自己的路，开始崇拜一个图腾、一块岩石、一棵树或者一个人的时候，这是很危险的。总体来说崇拜活人是不对的。总体来说崇拜什么都不太好。但爱是有的，爱里有自由的意志。

唯有爱不能强迫，爱是自然的属性。强迫爱什么都是自欺欺人的徒劳。

有时很感谢你，感谢与你一起走过的山高水长和相隔的万水千山。在你身上映出自己的粗陋，那一刻我知道你是来渡我过河的人。

乡野的生活，看落日在小森的缝隙中落下，明月在南天中升起。灵虫轻鸣，落鸟归林，小森闲坐，风吹得让人心动。四面的落羽杉很有树的样子，傍晚时分四面响起大自然的乐章，此起彼伏。像是在狂欢，又像是在宣告我来过。灿灯初上，寂静肃穆，融于万物又和谐生动，一副永享神福的模样。

长情于山水日月，清风乍起，

感伤于山河故人。

长桥人独立，何日共黄昏。

朝闻道夕死可矣。

朝闻道也可以夕不死。

既然已经闻得道了，那就更好地活着吧。

渊明的桃花源虽然在实际中是个虚幻，但是在虚幻中可以成为一个实在。

一个人要积累多少教养和探寻多少历史，才能从心底流出对万物的谦卑。有些人说话结结巴巴，可能只是他对眼前的人与物实在是不知道该说什么好。

昏昏沉沉地看着无用的闲书，忽然眼睛一亮。孟子说："存乎人者，莫良于眸子。"

中国人其实是没有物哀的，有也是装装样子。中国人本质上是藐视苦难的，喜欢热热闹闹或者吵吵闹闹地建立乐园。自由的中国人可以建造出世上最宏大的乐园——长安乐未央，武周坐明堂，东京梦一场……

夜游遇骤雨无伞，体热若火，天忽降骤雨。

雨落肌肤，
如云亲吻。

闪电伏空，
洞若烟火。

心在物外，
身与神游。

有时候我们不在意，并不代表我们不会难过。王势其表，萌态其心。行青森小径，觉纷纷扰扰皆为人祸。

江畔何人初见月，江月何年初照人？前面说猴子心里只有桃子，不知道桃花美。不知道猴子是否会看月亮，是否觉得月亮美。那只站在江畔并觉得月亮美的猴子，应该就是江月照的第一个人吧。

纷纷扰扰于窗外，如骤雨洗积尘。秋风不来，无凉意以消夏日炎炎。心静远观，跳出三界之外，束手就擒，不过是朝思暮想。

"爱向人间借朝暮，悲喜为酬。"
"我只知道那些让我心旌动摇的，最后都化成了温柔。"

"清醒是一种细小而又耐性的英雄主义。"与不对他人期待相同，摆脱他人的期待也是一种自由。

叶嘉莹说卡夫卡是悲观的，木心说悲观是一种远见。杜甫想念李白，写下了"千秋万岁名，寂寞身后事"。到了南宋，辛弃疾写下"不恨古人吾不见，恨古人不见吾狂耳"。古人说："五百年必有王者兴。"可是从前没有我，往后也没有我。古人又说："舜何人也？予何人也？有为者亦若是。"屈原还说："亦余心之所善兮，虽九死其犹未悔。"

诚然，悲观是一种远见。但太悲观，就悲观得没有了远见。

情人怨遥夜，竟夕起相思。圣人忘情，最下不及情，情之所钟，正在我辈。人生自是有情痴，此恨不关风与月。涉江采芙蓉，兰泽多芳草。采之欲遗谁？所思在远道。

眉头稍紧，心则问之，不过熙攘利往，多少得失都如空梦。

日行千里，白日灼心。
夏夜将尽，茂竹秀林。

云谲波诡之世，独坐空林以静观。取良材筑高垒，以护吾爱。

蝉林声下一池绿，二蕉覆水昨夜风。
恋恋不舍终归去，念念难忘有情人。

与有些人来往，如饮美酒，如遇公瑾。
人生短暂，不如只与如饮美酒般的人来往。

你去敲诸神的门，诸神未应。你悻悻而归，掩面而泣。从此对世人说：诸神皆不爱我。你可知，后来诸神哭得更伤心，他们在等待你再去敲一次门，可是你再也没有去过。

不知道是因为人情荒凉、世事诡谲，还是四季轮回、寒来暑往，以肉身抵抗四季毫无胜算，时时因为一些微小的人与事而感动。

风吹枝头，摇曳生姿。树长了那么多枝叶，不就是在等待着风吗？北风凋我叶，春风吹又生。凉风吹过，如丝绸划过身体。闭目远观，穿越时空与距离。远去的事物，我们或许早已不再在意，有时想起也难免心生涟漪。懵懵懂懂，细数星辰的那个夏季，请你一定不要忘记。

草坪修剪后散发出青草香味，仿佛是大地的慈悲，也像是母亲对逆子的宽恕。回头归来，我还爱你。

审美和运气一样，都是很好的无形资产。运气到底是什么神祇？目前为止，运气是我唯一见过的神祇。

古人说，每个人头上都有一颗属于他的星星。那个使臣从长安出发，到南方的桂州，天上与他相关的那颗星星，也就随着他一起到桂州去了。王维说，等你的使臣星随你到达桂州后，那里任何物产都会很好，人民也都会快乐。——叶嘉莹

世尊拈花，迦叶微笑，便有了禅。可即使是禅，也是一张网，而做那"透网金鳞"在江湖中自由地游戏一番，似乎有着更大诱惑。昨夜在辋川与友人一起读《辋川集》，见王维与裴迪纵情山水，发自于情，山水自相应。读《辋川集》自然禅机妙语，有身与神游之感。

白昼勤勤，一副奋发图强的样子。周旋于市逐利于机。有时难免一种机不可失、时不再来的紧迫感。幸白昼有时，夜亦有时。见天色渐暗逃自空林，想起今夜要与太白纵情山水醉饮高歌，难掩喜悦心情。晚霞将尽，夜幕降临。

日日勤儒生，夜夜梦老庄。

若有知音见采，不辞唱遍阳春。落花似雨自相下，世间哪有什么美玉无瑕，只不过是阳春未歇，年少芳华遇见了你罢。终了，黛玉还是一个人把花埋了。《红楼梦》给了人们一个有情的世界。采芹人在悲愤中，留有对人间万物的悲悯。

以前我败絮其表，心如烈焰，怎么能见出你金玉在心、灿烂天真。

只有到人多的地方，才会感到真正的孤独。在静谧之处，心声千里自有神游。人们说物我两忘也不是什么难事，只是山高水长也不愿把你相忘。浮生游寄，君若美梦。太阳落下，心火永明，浮生寄游，又有什么是真的——只有我满心欢喜、诚惶诚恐地说出我爱你的时候是真的。总是一遍遍地说我爱你，你可知道，每一次说的时候我都心潮澎拜，激动不已。在你滚落的每一滴泪珠前，最明亮的珍珠都暗淡无光。

不断地探索人生边界始终是最大的诱惑。如此鲜活的生命，怎么忍心让他麻木下去，时时刻刻保持清醒而有知觉。

明月照春申，春申是故人。楚风汉韵是吾家，今夜犹忆纪南城。

夜宿陡河乡锶泉遇夜雨

闪电照山廓，群峰露真容
荒山野岭人为客，孤村人稀多倩魂

山魂不见骤雨急，白袍素身避半亭
与人来往风雨雷，归去，也无风雨也无晴

当时的情景难以用文字描述，在一座山顶的温泉池里，四周沉静漆黑，只有零星的灯火，似有若无地在远处的山涧。忽然电闪雷鸣，黑夜中的群山闪现在惊雷之下，站在半山廊亭写下这些文字酣畅淋漓。

秋水与翠林一色，
繁星与寂静同归。

山深不知人间疾，
翩翩蝴蝶绕人飞。

寒窗苦读为何事，
躬耕夜游山有魂。

朋友问：什么是寂寞？

回：山深人寂寞，活泼一颗心。

又有人问：什么是寂寞？

我说：深山人寂寞，活泼一颗心。心如止水的人不会觉得寂寞。

一个人的寂寞，是活泼的心。两个人在一起的寂寞，是心如死灰的寂寞。一群人在一起的寂寞，是一片荒凉的孤寂。

很多年轻人都已经很老了。

见到深山里的爱情宣言，微微一笑。深山老林的道路修葺一新，而且"目及之处并无烛光"还是很感动的。在"荒野"穿越那似乎无尽头的豪华隧道的时候，心里也很感动。还有那满山的"秀林"真是棵棵都有树的样子，也很感动。估计我是一个容易感动的人。

出门的时候，看到廊台前一辆单车旁的一对少男少女，男孩亲了一下女孩，女孩又回亲了一下男孩。抬头看了看这一对美妙的青春，感觉他们似乎还要这样继续亲下去，匆匆走开。走到河边听到有人在唱歌，走到近处见到一辆酷酷的机车边上放着一台音响，一个男孩拿着麦克风唱着孤独的情歌。

楼前石阶台，横生玉临风。

亭亭两相立，相亲恨别离。

出去走走，看看别人的生活会有种豁然开朗的感觉。千千万万的人千千万万种生活。囿于一隅之地，难免身陷其中，也无好坏之说，只是难以自拔。在流动的时候，生命才会鲜活起来。不断有新的东西进来，才能供养我们的灵魂。

　　我随性，也只是因为我的心逃不出我的意念。

　　可怜锦瑟五十弦，一弦一柱思华年。
　　莫待年华成追忆，已无春风拂心弦。

　　春风易动的也只是少艾之心。

　　少时行舟，渡江访友。
　　啬园惊鸥，豪河夜游。

　　日日狂欢，夜夜笙歌。
　　年少不知愁，纵情长桥边。

　　盛夏赎荷，恍如美梦。
　　甘香犹在，锦书难托。

　　某年夏夜与友人在江海之城夜游，沿着护城河漫无目的地开车。仲夏梦夜，东风欲渡，在一桥边见两个男子在售卖荷花，行人匆忙熙熙攘攘，夜灯昏黄，场景荒诞不经——别有一番滋味。看到那亭亭荷花置于此地此境，心有戚戚。下车与采荷人简单交流后，全部买下。荷花入怀，夜游业已圆满，驾车离去。

余记有年，同行古都山门，白雪皑皑，行人稀疏，颜色清丽。相携知暖，爱意恣生，远胜山门寒雪。君为余选，不敢有异，心有诚恐。原为牡丹，今复见，惊觉山茶。

　　好像我们不管活在什么时代，要是活得和那个时代的人一样，就会很没意思。有些人超越时代，有些人借助书籍做时光旅行，手里握着的书籍像是月光宝盒。小孩子帮他们保管"月光宝盒"，那团心火也握在小孩子手里。

　　时常想起《约翰·克利斯朵夫》和他的舅舅，那个"弱小"的游吟商贩，还有那个寒冬黎明的早上和那喷薄欲出的红日。

　　克利斯朵夫流落荒野，衣衫褴褛，形若枯骨。他漫无目的地走着，来到一处猎人的小木屋，也许是求生的本能驱使着他倒在猎人的门口。老猎人是个沉默寡言的人，每天会默默地给他一些食物，他们像是生活在无声世界的聋哑人。几个月的健康的食物，还是让克利斯朵夫慢慢恢复了健康。有一天，他走到木屋周边的空地上，看着被冰封的大地和对面黑森林，他心里的火焰好像又被点燃，脚下大地在隆隆作响，四周似乎也响起了战歌，对面看似平静的森林也在时时刻刻战斗着。冷杉与橡树在争夺每一寸阳光，蓝羊茅、狼尾草、鼠尾草、迷迭香在每一处森林里的空地战斗着。

就在此时站在寒风中的克利斯朵夫吟唱出《神曲》里的歌谣：

在天未亮的黎明时分，
当你的灵魂还在沉睡之际……

蒙蒙晓雾初开
皓皓旭日东升……

每日早归，精灵推荐一些古典、爵士或者是蒸汽波音乐，有时觉得心间有什么在激荡，就听听鼓声。看看书中的好玩的故事，觉得世界很可爱。偶尔晚上出门，豁然醒悟这个世界妖魔鬼怪还是有的。也许所有的美好，只不过是因为我们把妖魔鬼怪关在了门外。

北风虽然晚了一点，还是来了。晚上散步，寒风吹拂，想起精神的职责。我想精神的职责就是照顾好肉体，肉体滋养出精神，精神就有照顾好肉体的职责。一个忘恩负义的精神不是一个好精神。照顾好肉体也是爱护精神，肉体无存精神之源消亡。

夜晚读书：有人问孔夫子，谁是他最好的学生。夫子答："贤哉，回也！一箪食，一瓢饮，在陋巷，人不堪其忧，回也不改其乐。"此刻心情平静，想各自开心就好。

后面又读到：颜回年二十九而发白，三十一早亡。有一天，鲁哀公问孔子其弟子哪个好学。夫子答："有颜回者好学，不迁怒，不贰过。不幸短命死矣！今也则亡，未闻好学者也。"心里波澜起伏，瓢饮，箪食，陋巷应该不太适合人类健康。心里还想，夫子如此喜爱颜回，那三千多条腊肉有没有分一些给他呢？

颜回早亡后，夫子应该很少快乐过。因为他说："回也，其心三月不违仁，其余则日月至焉而已矣。"夫子说除了颜回，其他的弟子都是混混日子罢了。夫子之偏心偏爱，昭然可见。如此夫子又可爱了许多。

保护自己喜欢的，就是在保护我们的快乐源泉。失泉而爱竭，爱竭而心死，心死之人不及草木。有过与从来没有过是完全两个事情，不能轻易地对人说：以前也没有。摔碎瑶琴凤尾寒，子期不再对谁弹。俞伯牙有过钟子期，便不再弹琴了。

小时候觉得孔丘天天四处奔走忙忙碌碌，在那个乱世去教人家，仁义礼智信，实在可笑。他四处游走也没有人待见他，最后弄得只能夜夜梦周公。后来长大了一些，觉得自己很可笑。孔丘在乱世仍然四处奔波，上下求索，正是那心怀理想的少年。

你说什么是伴侣？
我想就是彼此共契的那一刻吧。

人与动物也可以共情，那一刻也同样无比美妙。动物爱你的时候是真心的。觉得人类变得越来越不好玩了，主要的原因估计是人类把尾巴进化没了。

晚风夜路，偶到一只"野兽"，四目相对的那一刻竟不寒而栗，太怕它要与我交换半个灵魂。如此看来，深山老林不易久居。虽然人间烟火时时显得乱七八糟，毕竟人还是更爱人一些。

对人说什么都很为难。记得有一个地方的人，如果有人来向他"讨教"。他要先对着神明起誓一番再来回答问题。发誓自己所给出的建议是他智力所及的最好的建议。有时候我们说神明，神明有时候不过是人类的道具，就像我们有时候沦为物件的道具一样。人们总是在需要的时候想起袖。

看到别人好的时候，特别开心。比如各种认认真真，真心实意的"秀"，这是人类的希望。真心实意"秀"中的喜悦，是可以感受到的。虽然有时候难免有一点点做作的样子，但是还是有很大的功德。她们说的当然要拍照记录呀，我又不是永远风华正茂，说得也有道理。记录也许是生活最好的仪式。

"人之一心，湛然虚明，
如鉴之空，如衡之平。
以为一身之主者，固其真体之本然。"

"美色令人目盲，美声令人耳聋，
美味令人口爽，驰骋田猎令人发狂。"
好像这些都不要也很没意思，人的乐趣也许就在虚明与发狂之间。

萧惠问王阳明死生之道。

王曰："知昼夜即知死生。"

又问昼夜之道。

王曰："知昼则知夜。"

萧曰："昼亦有所不知乎？"

王曰："汝能知昼？懵懵而兴，蠢蠢而食，行不着，习不察，终日昏昏，只是梦昼。惟'息有养，瞬有存'，此心惺惺明明，天理无一息间断，才是能知昼。这便是天德，便是通乎昼夜之道而知，更有什么死生？"

说：生恻隐之心者，方能怀仁。

又说：仁是天地间最大的理。——《传习录》王阳明

褓襁之中，混沌于世，闻母声心安。

呱呱之音，非食不寐，饮甘泉之水。

日日夜夜，不计其辛，寒霜落青丝。

双肩之上，少年风华，不问来时路。

春燕返巢，欲还春意，人行数步常忘亲。

往前纵有千宠儿，回望老朽人影稀。

见这世上至亲的人已垂垂老矣，对人生有年是不满的。

双亲健在之时，我们总是有个家可以回的。当这道屏障消散之时，我们才真正地开始流浪，已无回家之可能，家已经不在了。那道横亘在生死之间

的屏障也消散了，我们便要直面这残酷的生死。

　　某君的文字过于熟悉，那是少艾方兴一个又一个"春分的夜"，一个又一个仙游。过于熟悉的东西总是会有倦怠，但见到还是会感动，还是会心怀感激。

　　有人说今晚的月亮有点落寞，比不上昨日的热闹（昨天月全食）。月亮见多识广，早就波澜不惊。

　　C君去看眼睛，医生看完后很是无奈，了解情况后语重心长地建议：对于眼睛来说，搞艺术不如去搞农业，比如种地。说不定眼睛视力还可以慢慢恢复过来。说完医生也笑起来。想起某年C君带我去东京某艺术大学，路过油画系，参观一番后，我默默地说种地也挺好的。其实种地挺有意思的，地里有四季，看着种子长成果实，四季和地里的种子都很真实。因为一个人无法欺骗土地。土地充满神性，是最富有创造力的诗人。

　　苏轼也曾经为了半块菜地变成了苏东坡。

　　雅典古城竖起了苏格拉底与孔子的雕像，心里想要是李聃在的话三个杠精一起，肯定更好玩。人类真的很好玩，既残暴又善良，既好奇又懦弱，可是从未停下脚步，前赴后继，探索前行。人类还如同一个顽劣的青春期的孩子。一个没有"叛逆期"的孩子一般也不会有多大出息。

　　古时中原地区的人们喜欢相互攻伐，导致政权更迭频繁，人口时常迁移往复，来回涤荡，优秀的传统文化几乎荡然无存。幸运的是：我们的文字可以穿越时空，拥有强大的生命力，以至于可以把看上去已经死亡的东西复活，使之不朽。幸地域辽阔，在崇山峻岭一些边陲之地还活着我们的古老、古朴，人言可信的记忆。

虽然说万物都在争斗中演变，生存。可是作为人能否超越这动物性，在相互友爱中演变生存？前面与朋友谈到"民族"，通常是村东头的人和村西头的人互相嫌弃。人最好超越动物性，不然怎么好意思做个人。

陪妈妈看纪录片，看到差不多一半，妈妈说他应该没有老师吧？什么人能教他！我想了想说：大天才是这样的。

朋友说：每每看到自然界中的花花草草，心情都特别好。还有看不厌的天空，阳光明媚也好，雨天也罢，都喜欢。我说：你心里的那个孩子还爱你。

朋友说了很多命运、人生之类的话。我说有时候我们要学会嘲笑命运，要在自己的悲伤中获益。在别人的悲伤里寻找不到快乐，在自己的悲伤里有所获益。

自然界真美好，万物滋养万物，没有什么被浪费，也没有什么是多余的。

生活的真实状态不是追惜无可奈何的事和悔恨已经发生的过往。它最好是以生命存在为源泉，享受每一个当下，在繁忙的间隙中，在昨天远去的艰难和明天未到的忧虑前，高高兴兴找点乐子快活快活。每一次对痛苦的崇拜都是对生命的背叛。

"质美者明得尽，明者情顺万物而无情。"

迷　蝶

从游渊，又入林，蜕变成仙芳草边
唏嘘人间奇事多，山高谷阔彩云间

心随风舞几万里，送我窈窕彩云间
清风拂林松如海，涛声好似兰陵王

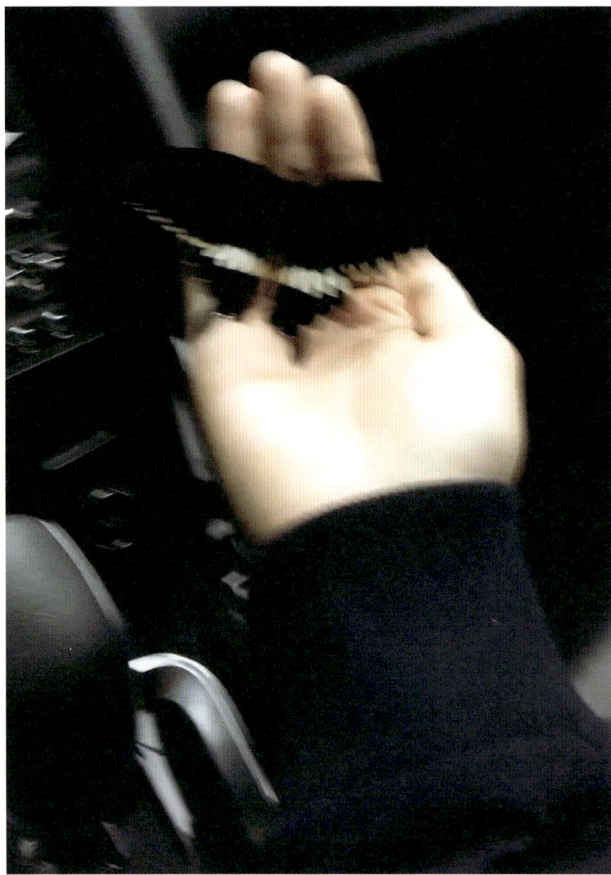

　　有一次去山里游玩，车子在一个崖壁边停下休息，耸立的山岩有清泉渗出，苔藓、绿蕨相杂其间。时至深秋，恍惚间一只蝴蝶飞了进来，绕着我飞，伸出手来，它翩然落下。山中松林云海，如梦似幻，随手写下这些文字。

　　"人至少要知道伙伴般天真赤诚发自内心的情感是什么感受。"看到这一句笑了起来。想到昨天想起的：艺术和爱情一样早就声名狼藉，可是我们还是要去探索还是要去爱。真正的爱与艺术都是赤诚的。

无用之美需要心性与敏感有所发展之后才能被接受。美难道真是无用的吗？这是我听过最大的我不能同意的寓言。

"真正的美貌让人看到即净化。"

"我们的心在供养这个世界。"

感觉什么都没做，又觉得一样都没少做。缓缓地走，芸芸众生中总有愿意亲近的人。朗月拂柳，只要没有索求便可天长地久，又要什么地久天长，要它作甚？

缘分是个奇妙的东西，有时候荒诞离奇，有时候惊心动魄。不同的是，有的人知道在发生什么，自己在做什么，要怎么做。有的人不知道，不知道就什么都没有。它飘然而至，又飘然而去。

找一块贫瘠的土地深耕，让它从荒芜变成葳蕤。在麦田的四周种满玫瑰，这些都是很浪漫的事。夜里读书也像是在麦田里种玫瑰，花开无声，熠熠生辉。她带我游了她的花园秘境。现在就喜欢看人家在那里自顾自地胡说八道，说她的梦，说她看到的万物，以及与万物链接的心情。有人说：文学的灵魂是自己的灵魂。

看着闪烁的烛火，拿起书时看到一段话：每一个情与思的潮动都付与高

度警觉的烛照，这即是鲜活的知觉。——庆山

看完一些文字后，觉得她说了很多，又好像什么都没说。她说的时候我在，她看到的万物也和我心灵相通。我知道我们共享了人性中神性的部分。谢谢你。

她说没有经历过身与心的劫难、困苦，没有尝试过人生极致的欢欣，是没有资格去"山中隐居"的。她说了很多，承载了太多的诋毁与赞誉。她是可以在山中度日的，享受那无与伦比的孤独与温馨。山河也因此更加美丽。

读到一段关于杭州永福寺的文字，想起春天的偶遇，那种脱离后的奢侈是世间少有的。无限的思想意识无法安顿在有限的物质上，我们都需要超出物质世界的另一个世界。

给虚无缥缈、无形的东西以形式并试图涂抹颜色，看似徒劳无功，又非做不可。古人曾问："天之苍苍，其正色邪？"庄周试图揭开天空的面纱，探究天的色彩。这是看似荒诞，又无比恢宏的事情。

人的灵魂是什么形状，又是什么颜色呢？或者说你想要你的灵魂是什么模样，又准备给它涂抹成什么样的色彩？你便是自己的天。

傍晚在广富林漫游准备归家的时候，回头看了一眼漫天的云霞，心里感叹人间真美，又折回去与晚霞做了一次告别。天空湛蓝，日影倾斜。无思无虑地走着，好像这样很对得起自己。人应是广阔无边的，而不是限制在什么行业，说着那几句反反复复的话，并以此来给人定义。这是很荒诞又多少有

些悲哀的事情。

把自己只局限于某一个范围的人，如同在给自己建立一座塔，一座封闭的塔，塔越来越高，却越来越窄。要是把头伸到外面看一眼，一定大吃一惊。无垠的大海如此宽广。一眼过后，有些人开始拆除这座局限自己的塔。有些人被无垠吓坏了，再也不敢探出头多看一眼。

靠快速消费来驱动经济，又以这样的经济"繁荣"来试图获取幸福感。如一个靠成瘾物质来换取短暂快乐的人一样，最后可能留下的也只是遍体鳞伤。"快速消费的时代，终将从人对物的无情转成人对人的无情。"窗外冷风凛冽，人间忧患四起。太方便的生活，脆弱又危险。

古老的树是百千岁的人，他活得太久，去过太多地方，爱过很多人，颠沛流离了很多世。后来他有些累了，不想动了，他就变成了一棵树。在罕迹的山野，在村落的门口或是在山门内外，他抓住岩石与泥土，遒劲有力，与四季做伴，与四风为友。前世的恋人来看它，捡起一片叶子，在上面写下：不要忘记我。

看禅宗，最后感觉不用看，因为心外无禅。看别人心里的禅，也与己无关。最多也是往自己的心湖里扔石子，荡起一阵涟漪。石子沉入湖底，湖面仿佛什么都没有发生过。如果自己的湖足够大而清澈，容万物而又不被所动，明月当空波光粼粼，心湖如此，禅也消失得无影无踪。

江南柳叶未脱，寒来暑往已是四季。幸有友人神游，常在古往今来梦中重逢。寂寥本是人间事，如飒丽大漠胡风中。世事纷争，无常逐一升起，熄灭，愿人间多以温情相待你我。

时间的流逝与轮回中有着它的善意。

八、物色之动，心亦摇焉

充实而有光辉者之谓大。

神明我心，思无邪。

志于道，据于德，依于仁，游于艺。

人与自然达到和谐的境地，天地才显现出肃穆与优美。在这之间人心用来保持和维系着平衡。很多往事现在都恍如梦境，走过的路，遇见的人都组成了现在的我们。往前走，山川秀丽，仙友神游。

有人问禅师：透网金鳞何以为食？禅师回答：等你透网之后我再告诉你。今日见到的禅很有意思。想起了耶稣说的荒野中的野百合。其实禅师早就知道，能如此问的人是没有希望透网的。世间的网确实巨大无边，重重叠叠，鲜有能逃脱的。那个逃脱了的，你就不必再问它何以为食了。

佛陀说：不要立像，不要追随。若要相见，在自己的法中来寻我。别人的法是度不了你的。你要用自己的法度你自己。

有人说须弥山顶有座喜见城，里面住着各大神。想那须弥山顶住着的不会在意山下的事，对山下的无所求也无所施。要是须弥山顶的大神在意山下的芸芸众生，还要负责所祈的心想事成，那喜见城将忙碌成什么样子——诸神雍雍穆穆，自在自为，不会在意山下的事情。

只有自己的心神，时时刻刻佑我永年。

千钧之弩，不为鼹鼠而发机。佛法无事，人自迷缘。

啼得血流无用处，不如缄口过残春。

"故君子尊德性而道问学，致广大而尽精微，极高明而道中庸。"

"为道也屡迁，变动不居，周流六虚，上下无常，刚柔相易，不可为典要，惟变所适。"

看过一些可爱的人，他们灵气逼人却自甘平庸，一次一次地掐灭点燃的灯芯。后来灯芯熄灭了，一切看起来暗淡无光。让我们把相逢的蜡烛都一一点亮，让我们都做有灯芯的蜡烛。

岸崖松柏有醇香，横笛清音绕余梁。同见一轮东方月，此路似有万里长。我说山河寥落，暮色苍茫，不过只是因为与你相隔似有万里长。

物色之动，心亦摇焉。翻看《正仓院考古记》见到许多唐宋的美物。铜镜上镌刻着：勿相思，勿相忘，常贵易，乐未央。另几个刻着：只影磋为客，孤鸣复几春。初城照胆镜，遥忆照眉人。舞凤归林近，盘龙渡海新。缄封待还日，披拂鉴情亲。看着一件件精美绝伦古物心旌摇动，对那时的生活更增添了许多现实的想象，因为那些美丽的物证就呈现在你面前。

听王菲念《金刚经》，开始仔仔细细地听，每个字都恐落下。忽顿悟，佛法本空，王菲念的音如天籁，听此天籁，便已见佛。外有风雨交加，世有沧桑之感。有良友多日未见，偶有思念之情，一念升起便是良辰美景。

傍晚散步，在一个古建餐厅吃晚餐，天色渐暗人也稀疏。窗外的落日西沉，慢慢地月亮也爬上了墙头，心里生出：窗外就是他们说的江南吗，温柔又冷清。

夜归，风雨潇潇。忽见廊下红梅已悄悄盛开，古香清透，心头一惊，又是一年春来早。年华似水流，祝诸君万福。

有时候即使我们故地重游，又如从未来过。羡慕那个在太湖之滨种梅花的人，择一地，手植梅花。就这样一直栽种，直至连绵三十里。我们的叛逆或许只是把头发染成五颜六色。古人叛逆也许是"种梅花"，择一块荒芜的土地种下梅花，真是浪漫至极。历史宏大浪漫，了解历史、过往无法不爱脚下的土地。

在寺院里独自闲走，心里生出：谁的心里更接近神明。云峰翠岩和尚说：我虽然住在这忍土世俗的寺庙里，但并没有佛要去供养，我每天除了呼吸并没有什么事情要做。过去、现在、未来尘沙诸佛都是我翠岩和尚的侍从。如一不到，我便打他三十挂杖。他还说：道远乎哉？触事而真。圣远乎哉？体之即神。

有人说：青青翠竹，尽是法身；郁郁黄花，无非般若。

有人不同意。后来又有人说：佛身充满法界，普现一切众生前，随缘赴感靡不周，而常此处菩提座。翠竹既不出于法界，岂非法身乎。

《般若经》云：色无边，故般若亦无边。黄花既不越于色，岂非般若乎。深远之言，不省者难为措意。

再后来《金光明经》云：佛真法身，犹若虚空，应物显形，如水中月。若见性人，道是亦得，道不是亦得，随叩而说，不滞是非。若不见性人，说翠竹着翠竹，说黄花着黄花，说法身滞法身，说般若不识般若。所以皆成争论。

夜晚躺在暖和的被窝，回想种种，不由得悲喜交织，满怀感激。最近一直看禅宗，也只有寥寥数语惊心，忍土之中确实已布下重重叠叠的天罗地网。想我与那如来定是有缘人，在悲喜交织处看到那重重叠叠的网竟然都是虚妄。由自己的虚妄一一编织而成，又与别人的虚妄重重叠叠。

那只透网金鳞一定是条赤诚的鱼。只有赤诚的鱼才能自由地游走在天地之间，世间所有的虚妄都网不住它。

千年前，大觉世尊欲将诸圣众往第六天上说《大集经》，敕佗方、此土、人间、天上一切狞恶鬼神悉皆集会，受佛付嘱，拥护正法，设有不赴者，四天门王飞热铁轮追之令集。既集会已，无有不顺佛敕者，各发弘誓，拥护正法。唯有一魔王谓世尊曰：瞿昙，我待一切众生成佛尽，众生界空，无有众生名字，我乃发菩提心。

在苦海中挣扎，何尝不是极乐。

和你说话很好，和你说话时常会有灵光乍现的时候。见一个朋友三次，只有中间的那次她熠熠生辉，那次朋友在谈论自由。我什么都没有说，因为要自己有力量承接自由的时候才能享受自由。活物，只有在自由的状态下才能熠熠生辉。如果爱是牢笼，那扇门应永远是敞开的。

自由是一种重量，需要巨大的力量承接。

与一个人共赴长夜并满怀感激的时候，爱的完满的样子才慢慢显现出来。

看了一天的混乱与无常，又想起了永福寺的和尚。虞无忌说：要超越忍土的俗常才能活得快活一些，纠缠与混乱之中无法存活。我说：你把自己活得好些，世上便多了一份希望。

窗外细雨霏霏，朋友发来西湖落雪，一杯茶还有余温，决定放下手中茶去看雪。去到湖边正下着冰雹，一对好"鸳鸯"在西湖的小船上戏水，爱情真是奇妙又无比美妙的东西。一副醉生梦死的江南。

踏雪寻友千百步，只见梅花不见人。

翠林竹下生红豆，梅峰龙井染残雪。
身在世外心何处，一朝烟云一朝尘。

萱萱原上草，绵绵何时了。
忆起少年事，冷风吹红脸。

琴尚在御，而新声代故。

锦水有鸳，汉宫有木。

彼物而新兮，嗟世之人兮，瞀于淫而不悟。

——卓文君

人类最少要放寒暑假。让相爱的人相聚，让离别的人重逢。

与万物都保持着赤诚般的关系，万物才能显示出它的可爱。

近日与人长谈后，总是被问是否饮酒了。以猫耳朵起誓，我已经多日滴酒未沾。想了一下大概是：世人唯酒醉后是真，我大概是在清醒时似醉。

芳草亭记

江南夜雨潇潇

茶山残雪未尽

岸亭袅袅

相对而坐

莹光灯下

江南夜宴

恍若隔世

劫后余生

湖中残荷
春风暗动

在爱中狂喜的人，请一定记得握紧手中的箭。

抬头见月惊心，想起那只夜里在江边吹风觉得月亮美的猴子。想起了很多事和美妙的话，有些记下了，有些被风吹散了。以后的日子记得多抬头看看月亮。

克制是一种意识美，一种东方人的美学意识。学会在任何情况保持潇洒自如的状态，也是东方人的风度。学会享受，要看不起"苦难"。当你看不起苦难的时候苦难就无法久存。就像那个东方之子说的，"凡是健全高尚的人，看悲剧，既骄傲又谦逊地想：事已至此，好自为之。"

说到东方人是指：仲尼驾牛，庄周问鱼，季札挂剑，屈子香草，文君夜奔，魏晋竹风，东坡远游，易安宿醉——的意思，而不是别的。

胜春去山里游玩遇见禅宗老和尚，他问我从何处来，我说自滚滚红尘中来。他又问：想到什么地方去？我说：四处走走并不想留在何处。他后来又说：我在此处等你。

古画中人立于天地之间，都是小小的一个人。对天地万物有敬畏之心，对人也有敬畏之心。后来画里的人慢慢变大了一些，现实里的人便更加渺小了一些。

于一切处不留，一切处成就，
灵光独粉翟，烜赫殊分，
可谓荡荡乎，落落乎，
张起济岸帆，拨动渡人舟

于生死海内，
白浪堆中，出没去来，
逍遥自在。

乃喝云：从佗谤，任佗非，
雨中兼蒻笠蓑衣。
而今暂别海门月，
携鱼且向市尘归。

老和尚问胡钉铰：还钉得住虚空吗？
胡云：请和尚先将虚空打破。

《神啊，你往何处去？》从楼上望见一艘艘飘摇的小舟，心里想起罗马的烈焰和这句话。走到楼下时看到介绍作品的小小标签，那一刻的感觉很奇妙，身体有些许战栗之感。

在一艘艘飘摇的白色的小船中，有一只用红色丝线框出来的小舟，看到时格外感动，这也许就是作者想用来渡自己与世间的舟。愿束缚者得自由，愿漂泊者得救。

由于女性鲜有使用暴力，还是早早回归母系社会吧。

隆冬在西岸美术馆一个只容得下两人的电梯里，放着一束盛开的向日葵。自由而冷清的城市庇护、爱护着她城里的人，一路同行的人最后也只是相视一笑各自归程。

世间的一切何尝不是都纠缠在一起，逃离的虚无和老道超脱看起来都像一场骗局。唯有那个小孩说的：**尝试按照我的灵魂期望行事，是童话般真实生活。**

朋友发来夜灯下一束映在地上的耶稣照片说：生活，不就是向着光亮在行走吗？我回复她：唯有如此，别无他法。愿大家都见到光，如果在黑夜中行走时也能心生光明。**黑夜的存在即预示着光明。**

我爱你，我们是朋友、是知己，唯一不能像的是婚姻中的男女。我们什么都抓不住，能拥有的只是记忆。好好过好现在，给未来留下美好的记忆。"抓住了"是家里的那只猫的名字。

杭州的许许多多的山谷我都是知道的。它们都很喜欢我，我也很喜欢它们。亲近的时候我知道我属于它们，它们也属于我，那一刻很美妙。

午后误入九溪山谷，天地空寂，幽谷隔绝了一切人类世界的声响，徒自坐在溪边闭目聆听天地万物之音。风吹过身边的翠竹，竹浪阵阵，玄鸟横空，万物生长，嗤嗤有声，那一刻仿佛是天地的知音。草木皆是有情物，四季轮回中，在缓缓地流淌着它的善意。

澄湛晶莹，入梦初觉，人事可爱，有之甚微。游于草木山水方觉大美不言。寂静而有声，万籁齐鸣而有序。微观万物之中，有着惊人的秩序之美。幽谷茂林奏鸣的皆是和谐之曲。

人之所以热爱自然，是因为自然从来真实不虚。

窗外红梅未尽，早樱殷红，白玉兰高高盛开在枝头，月光掩映下格外烂漫、绚丽。人间悲喜交织，四季只管着四季，从不管人间悲喜交织。

无情草木互奏笙歌，多情浪涯日夜相拥。世间荒芜，春光烂漫。一个生命与一个生命的链接是生命最初的初衷吗？

"起始是爱，爱的不好就成了情欲。"那些起始是情欲的就不必说爱了。

夜里读书读到一段人与兽的对话，不知是悲是喜，也许是在悲喜交织处。写下那段文字的人赢了，在他文字的韬略中找到了知音。有些文字本身有着强大的力量，它们自发地、倔强地生存着并展现着自己，无可逃避。

陶潜在"桃源"的生活开心吗？我只能说：他的几个孩子不怎么喜欢读书，妻子也不理解他。他也长叹自己辞官归田对不住妻子儿女，没有让他们过上富裕生活。家里只有他一个人像是个外人，院子里的松树与门口的五棵柳倒是他的好知己。但陶潜总归是陶潜，无论如何他都是可以悠然见南山，一般人做不到的。

认识的女性个个干劲十足，拼搏进取都在掌控自己人生或者试图掌控自己的人生。也许像有些人说的，"上海是个女儿国"。我也是同意的。如此这般人类似乎又看到了一些变得更好的希望。好好想了想，人类进化之路才刚刚开始，要是人类能延续到恐龙一样长的历史，人类一定会进化得很好。走在黄浦江岸，看着长桥落日，心里想热热闹闹的人间无论如何都充满了希望。

想到神是人造的，也会觉得落寞、不景气。要是真有一个不是人造的神，该多好。有时候不得不说诸神是人类的宠物。愿人类心地善良。科学最大的罪过是让诸神都无处可藏，可是愚昧又是魔鬼的安乐窝。魔鬼说我要与人类共命运，人类好时我默不作声，人类恶时便要放声高歌。

法国数学家彭加勒：研究自然，从中取乐，因为它美。如果自然不美，就不值得去研究，生命也没有存在的价值了。

康德：对自然之美抱有直接的兴趣，永远是心地善良的标志。

尼采认为，摆脱人生的根本烦恼和痛苦有两种方法：一、往艺术，将此世界视作美学现象；二、往知识，将此世界视作实验室。

一个仪式举办者说：已经有千年历史。有些事情即使已经持续了一千年也要改一改。我不去看马戏，人在钢丝上走和老虎滚绣球都不会让我感到愉快。有些仪式在抚慰人心的时候也在腐蚀人心。

有些人"提意见"不是因为他有多高明的意见，只是为了要提意见而提。至于为什么，就不必深究了，脆弱的人心哪里经得起深究。高明的意见往往只能说与聪明人听。"因为一个蠢人来讨教的时候，其实他心里早就打定了主意"。

喜欢一些作者。他们的话几乎每句都可以分享。可是我不能这样做，因为很多事情是我们之间的隐私。既然别人对你说了秘密你要誓死保守，这是古希腊人的脾气。人是有记忆的物质集合，希望朋友们都好，一切都好，多照顾心里的那个小孩子，他一直都在，一直都很爱你。

月亮照着我的时候也照着别人，我才更爱她。

自从听到幽谷中的万籁，就不怎么喜欢听什么音乐了，怪难为情的。可是音乐还是要听的，山谷也就在那里。有个小孩子告诉我，外面刮着大风。这大风记忆是每年春天都会有的，在香樟树落叶的时候。香樟树是个很神奇的植物，新叶与老叶的交换仿佛在大风中一夜之间完成。此风又无可指责，生与落它都是使者。

春光明媚两颗心，
一颗心很难春光明媚。

你说：孤单是我最大的消遣。

那原因无非有二：心有所思或者爱有所依。

你说：都不是，我就一个人春光明媚着！

你看多么狂妄自大的人类哟⋯⋯

"爱是一场终极的自由。"探索人性像极了大人们说的不归路。

后来在植物中看到哲学家们说的神性：静穆、宽容、慈悲——"人是一根系在动物和超人之间的绳子，也就是深渊上方的绳索"。现代人确实沦为商品消费中的一个环节。还有那"包治百病"已是病入膏肓，实在是荒唐至极。

现代人好像已经不会幽默了，或者说不会即兴的幽默，开始喜欢人工浪花。现代人在商品集权和信息集权的双重旋涡中难以自持，像是被洗涤的塑胶芦苇，虽然也在风中摇曳，却全无生命气息。

有人说：老、孔、庄他们的魅力就在于不肯说清楚自己的心里话。他们不愿意说，我们也只能猜。他们为什么不肯说清楚自己心里的话呢？应该还是因为慈悲为怀。

话说一遍可以，能不说更好，再说一遍实在是勉为其难。那些反反复复说的话，一定要是好听动人的话语。

想起当年在佘山教堂里与传道者的对话。年少无知过分的顽劣，不过也不能怪我，他非要在大庭广众之下要大家找个靠山，为末世早做准备。我只想自己光荣地活着，并大声地说出："我以我的生命并对他的热爱起誓，我永远不为他人而活，也绝不要求别人为我而活。"

有时确实想到灵隐寺旁边的永福寺当个假和尚。经肯定是不会念的，但是有诸神为伴也不会太无聊。偶尔跑去灵隐寺看看少男少女在诸佛面前海誓山盟也很有趣。此时的永福寺应该很好看了，某个仙子我还不知道该如何相见。

在痛苦中生出来的怨是恶之花，在痛苦中生出的喜悦便是佛陀脚下的莲花。

什么是佛法？莲花。什么是莲花？苦难中生出的喜悦正是莲花。

由于我深信，诸神已远去，决定封家猫为新神。从此浪漫主义有落脚之地，虚无者可安心，你我又可以对着神灵起誓。有人说东方人有自觉的天赋，这天赋仿佛在慢慢地觉醒。轰轰隆隆震撼大地。只是悲者不可见，怨者目不明。远方走过来的正是一个醒来的睡美人，一个风姿绰约的东方女子。

那时诸神还在，波提切利画出了《春》。但丁以肉身入三界时，诸神已经不高兴了。后来诸神慢慢离开人间，不再过问人间事。

傍晚散步，夜灯掩映着河边盛开的樱花，一团团白色的锦绣矗立在河对岸的夜幕中。自然地放缓了脚步，心里想到自然就是刚刚好的意思，不管是一树的绿叶还是一树的繁花。长河岸樱将入夜，朝朝暮暮许多春。

梦里我们在一片绿色田野里，分开时你说要去一个很远地方，梦醒。起来和小猫玩了一会儿，再睡着的时候又做了一个梦，梦见考某美术大学少了五分——醒来，天已经亮了。

那天去西湖看到下着冰雹的凛冽寒风中，一对有情人在一叶扁舟上游西湖的场景，真是荒诞浪漫至极。人类进入二十一世纪后，好像更加显得朝生暮死。在氤氲江南雨夜里走一圈，还是想活五百年。赞叹生命之美妙时，难免想到古往今来长生不老的美梦。古往今来都有无数延年益寿、九死还魂之术，可是我从未见过一个古人。生死轮回中，就当那个此时与你携手共度漫长黑夜的人是生生世世的故人吧。

说一切都好，就是一切都爱的意思。这爱因无所住而生其心。如同音乐，近乎神性。

我对海是薄情的，是爱不起来的。也知道海对我也一样无情，它看我和那条溺水的狗不会有什么区别。我对山川爱意正浓，会绵绵不绝地爱下去。也知道山川对我也有些情意，它对我敞开怀抱，让我感受它的心跳。

每次站立在青山面前，我们对望的眼神正是恋人般的眼神。

大海的薄情正好与我对大海的薄情一样多。大海也不比我大一分，我与大海相对而立的时候我们显然也是知己。

我们的心大于整个海洋，因为满天的星辰都映在我们的眼睛里。

当年和苏格拉底一起出征的人回忆：小苏披着单衣，光着脚丫穿着草鞋，走在冰天雪地里的时候，裹着厚厚兽皮的斯巴达勇士们都感到受到了侮辱。由于他喜欢一边走路一边思考，撤退的时候他总是落在队伍的最后面，他泰然自若，装束又不像一个凡人（凡人一般不会光着脚丫泰然自若走在雪地里），对方的士兵没有一个人来攻击他。

伟大的思想者，想必都有着一个野兽般的身体然后可以忘记身体，尽情地去思考。所以，好好锻炼身体吧。锻炼身体是为了忘记身体，不然要拖着身体前行，灵魂是不堪忍受的。身体比较好的是：轻盈飘逸，若有似无。

虚空之门点起灯，照亮的正是回家的路，一群又一群带根的流浪者。晚灯初上，一个小女孩双脚踩着风火轮，双手捧着手机，旁若无人地向前滑行着。人类已经无限地接近神明。不过还要再努力一点点——才行。

音乐响起的时候，众神都在翩翩起舞。在"思想极简主义"物质至上的当下生活，众神之子的元气几乎消耗殆尽，有些只保留或者回归到动物性的本能延续。元气尚存的众神之子可以感受到生命的美妙。

清明，神饮，见陆放翁刺虎，四周寂静无声。想见南宋真是：东风夜放花千树，星如雨——从不缺大英雄，战神岳飞，大英雄辛弃疾。可是江南太美，美得让人只想醉生梦死，既得者也就只想苟安后醉生梦死。江南太美不是江南的错，桃红柳绿也是它们各自欢喜。世上没有看起来很俗的花，只是有着看起来形形色色的人。春天来临的时候，不如大家一起去醉生梦死一番。

在南风与北风的你追我赶中，
成就了整个春天。

南风滋养，
北风摧残，

一片片叶子强壮起来。

春天要许多许多片叶子，
才能织出一整个春天。

回想过往，无一可少，那欢愉不能少，那悲伤亦不能少。一一呈现出来，那便是我们想要的丰满的人生。

那个往前推动的水流，像极了我们漂泊不定的命运。物理的世界告诉我们，宇宙中一切都在极速的运动中，速度超出人类的想象。在人的意识里的片刻宁静，是我们能享受到的最高欢愉。窗外的春光没有一刻是相同的，飞鸟掠过也在完成它们的轮回。

看惯惊鸿，难爱"叙事诗"。你说要测试我的宽度，我说彩虹的两端正是我的距离。精神的享乐，肉体也会感受到欢愉。

"总是出于优雅的考虑，他从不做那些有用的东西。"

因为网络的原因，恶也难有容身之地。这迅速传播的恶伤害着每一个人。世界摆出有一个人没有活好，你就不应该心安理得地享受生活。让世界按照它自己的方式去演化退进吧，要是有可能对身边的人有益已是很好。

人类开始用自身力气之外的力量就是在作弊，与宇宙为敌。值得庆幸的是宇宙还没有注意到这是为敌，因为人类太小了，宇宙看不见也不在乎我们。更值得庆幸的是我们在乎我们自己。

生命的意义也许在于链接，人与万物的链接，特别是人与人的链接，特别中特别的是异性与异性之间的链接，这是生命的开始。

在爱情方面，鸟类比人类进化得好。天空中有很多鸟，它们只爱自己的那一只。

鸟飞在空中很优雅，抓在手里很狼狈。

飞鸟在空，荒原孤松，朝食露饮，晨歌暮隐。

在一些特殊的时期，人的各自性情暴露无遗，洋洋洒洒真是大观状。世间人与人之间的不幸，大多源自绝少宽容，可是绝少宽容就是对自己残忍的意思。说到"坏人"，那就是智商低下的意思。

是什么揪住你的心呀，我的朋友。我好想救救它，可是你紧紧地揪住自己的心不放，我也无能为力！我们大言不惭地说自己见多识广的时候，就是在表明自己愚昧无知。人间总是一副无可救药、又充满希望的样子。无可救药是真的，充满希望也是真的。

　　不如读书吧，外面的世界好像也无能为力。把所思所想记录下来，也许能对世间有益，最少是无害。时时为一些微小的善意感动不已，不是多么容易感动，而是深知人性的脆弱。那天读到"慈悲为怀是后来又后来的伤心事"，是泪流满面的。

　　"悟道休言天命，修行勿取真经。一悲一喜一枯荣，哪个前生注定？袈裟本无清净，红尘不染性空。悠悠古刹千年钟，都是痴人说梦。"

　　她说其实这些无形的东西很难画，有偏抽象的"身体"在里面，又融到大自然里的感觉。她说要回归现实，去打扫卫生。我说：现实随便应付一下就好，重要的是思考和幻想。

　　"艺术如河畔的榆木，夕阳斜照处，投下一潭的荫。"

　　"一切朽灭者皆欢心朽灭，唯有永生之母留存。"

　　"人是一枝会思想的芦苇。"
　　芦苇只管春光灿烂，才不管人是不是芦苇。

　　除了肉体享乐没有正经事。肉体享乐可，做恶不可。享乐而不做恶便是真快乐。我理解的肉体的享乐是对身体有益且愉悦的感受。

何谓红尘历劫幸存者之福，忆往事悲怆淡如野墟炊烟。何谓离群独归驱车若飞者的喜乐——我终不如你，离群独归者的喜悦时时有感。忆往事淡如野墟炊烟，我看着那寥寥炊烟难免悲怆。

精灵音乐在蒸汽波、长笛、太古之间来回切换，不枉我平时以礼相待。我们对物是否也应该以礼相待——长伴之物已浸入我们的灵魂。手工造物更是如此，可惜天性懒散，又耽于文字中漫游，似乎更合乎天性。**手作之物总是有着默默的温情。**

众人非议着各种事情，热热闹闹。热热闹闹的事情要离得远一点。你说苦难吗？——苦难深且重。人类总是在苦难中前行，我们一边走在这古往今来的苦难之路，一边深爱着它。你说人类吗？人类还年轻。年轻就是被原谅和容易忘记痛苦的意思。有些人事选择后退一步，可能是知道大众嘉誉你的，终将和诋毁你的一样多。热热闹闹的事情总是显得荒诞又有些可耻，在寂静处隐藏着一些真实又可爱的东西。

如若相见，请到"道德"之外的田野来找我。那荆棘丛生、遍地狼藉中的一道微光还值得相依为命。最近特别理解庄周的一些话，又似乎深知尼采的孤独。

猫说：反正说什么你今天都不能看书了，必须陪我玩——可是婆罗门的大森林还在等我——算了算了，众所周知猫是神造的。小时候听阿修罗大战梵天的故事，心里看不起那些假正经的神仙，一心只想如何做个阿修罗。

如果神能自制，人能施舍，阿修罗学会仁慈，三界都将了无生气。

只有诸神妄为，人在贪婪，阿修罗什么都想要！这个广宇才精彩纷呈，值得游荡一番。

第一梵书：
那里圆满，这里圆满，从圆满走向圆满；
从圆满中取出圆满，它依然保持圆满。

"唵！梵是空，古老的空。空中有风。"

《佛国记》中记载的古印度是一个"伊甸园"，气候温和，雨水充沛，恒河年年泛滥，使得两岸土地肥沃。人们几乎随便种种就会收获满满。丰衣足食后的人们开始冥想、瑜伽、思考各种好玩的事情。他们后面又发展出四种种姓：

婆罗门：祭司阶级，掌管宗教
刹帝利：武士阶级，掌管王权
吠舍：平民阶级，从事农业
首陀罗：仆役

确实，风是吸收者。一旦火燃尽，便进入风。一旦太阳落下，便进入风。一旦月亮落下，便进入风。一旦水枯竭，便进入风。因为风确实吸收所有这些，这是关于天神。

下面关于自我：气息确实是吸收者。一旦入睡，语言进入气息，视觉进入气息，听觉进入气息，思想进入气息。因为气息确实吸收所有这些。这两者确实是吸收者。天神中的风，呼吸中的气息。——《梨俱吠陀》神曲选，巫白慧译，商务印书馆出版由于他们的神从来不是我的。很多事总是一边认认真真地听着，一边认认真真地思索着。这地老天荒的思索，像是一个永恒的自由，有了风的属性。

最近愈觉得风的可爱，不知来路，莫问归处，既无形也无边，生长与毁灭都是它。它摇曳着树，树便生姿，树满怀感激，树一直在等着它的风。每一片叶子都在等待着它的风。

"风既是个体又是总体。诸神中只有风神永不休息。"

风·树

风一直在吹，似乎只有它不知道疲惫。树摇呀摇，似乎无可奈何。当初是谁发现并讲出这天机一样的话：树欲静而风不止。我们是那风还是那树？我们似乎是那树又是那风。我们是一场又一场的风，我们是长在天涯海角的树，风带来你的气息，我是那棵等待风信的树——为何迟迟没有你的气息。我等得太久也太寂寞，我的根已经深入大地，枝叶已撑起一片阴凉，硕果累累一片金黄。

深秋的清晨我见你缓缓而来，我还认得出是你，轮回千年的爱人呀！即使你现在已经变了模样。你拾起我的一片叶子，写下：如果有来世就让我做一棵树在你的身旁。

云中游

闲游入山谷，两岸壁立千仞，松林层层。崖上有路，石阶一路铺成，若如云梯。暴雨初歇，山气浮动由幽谷而出，连绵升起，人在半山，无意入云端。就在此时，忽有歌声飘来，婉转悠扬，在山谷回响，分不清来自山巅还是幽谷，也分不清是神仙的天籁还是来自人间的歌声。安坐岩壁，静气宁神，与歌声同游天际。

歌声渐渐远去，睁眼见日影西斜，霞光辉映，金光出云，斜照山谷间。神清气爽，万物熠熠生辉。

美丽的事物对万物散发着善意。

近来因为"工作"需要，要大量地核对人的基本信息并与本人面面相觑。惊奇并意外地悟出那些"长生不老，永葆青春"的人的秘密。只是这巨大的天机不能言说，也只有怀有幼稚之心者才能看出明了。

忙碌的夜晚，洗漱的时候想起那句：九十九个人背着十字架，空手兀立一旁的便是耶稣，不由得笑了起来。见北方的血月还未落尽，好像所有的疲惫都一扫而尽。原来月亮的功能如此强大。看超越生活的事物，他们像此时西北的月亮一样，既真实又虚幻。既然夜空中如此美丽的月亮是真实，又怎么能说那些超越生活的事物是虚幻呢？

人类为什么总是充满希望呢？因为人会变，而骤变可以在一瞬间完成，就是禅宗所说的顿悟。而人总是一厢情愿地相信人类会变好，于是人类总是看起来充满希望的样子。

小时候觉得那句"他人即地狱"，说得真酷。后来才知道后面一句是：他人即天堂。

他们竟然把柳树挖了——还叫人家怎么恋爱哟！想来为何会有《致七柳大夫挽歌》这样的事情发生，并引起如此大的波澜。不仅仅断桥、残雪、老柳、有情人是一场又一场江南春梦。试想有一天西子湖畔老柳全无，全是一排排姹紫嫣红的玫瑰是多么可怕的景象。人心一贯的脆弱需要一些不变的东西，那是慰藉也是支持心灵的力量。断桥、残雪、老柳、有情人、江南春梦正是抚慰人心的力量。

　　每一棵花花草草都是一个又一个莎士比亚。

　　窗台外四棵高大的七叶树开满了一束束白色的花束，在暴雨过后的日暮将尽时分，散发出一种沉静的美。野猫昨晚叫了一夜，今夜也没有停止的意思，好像也是无可指责，不过是万物生长繁衍的春夏交替的夜。大自然的仁慈是允许发生，万物的奋斗也只是企图抵御光阴，虽然屡战屡败，但虽败犹荣。

　　越过情欲的沼泽，一起走过绿荫掩映的芳草地。映出过自己的粗陋，见到过一心向道裸奔的人，一起走过漫长的黑夜。行走在五彩斑斓的夜，何尝不是一种幸运。翻开一些过往的记忆，让人迷恋得惊心动魄。在东京一起去到你的画室，你画画的时候让我可以在地板上小憩一会儿，你说平时你也是这样在地板上小憩。在地板上迷迷糊糊地睡着了，醒来的时候看着你在画室的侧影，明白了很多事。

　　想到一些事情犹如明月照我行，明月照在心间。古人诚不欺我。古人心澄净、阔朗，明月才容易照得进来。

　　没有选择的爱是香乳蜜汁，对等的关系才可能是爱，如果一定要说爱的话，而且还只能是心理上的。

自在居住在活动于这个世界的所有这一切中：你应该通过弃绝享受，不要贪图任何人的财富。人应该在这世上做事，渴望长命百岁：你就这样，而非别样，业不会沾染人。

唯一者不动，却比思想更快，始终领先，众天神赶不上它；它站着，却超越其他奔跑者，在它之中，风支持所有的水。它既动又不动，既遥远又邻近，既在一切之中，又在一切之外。

在自我中看到一切众生，在一切众生中看到自我，他就不会厌弃。

他看到唯一性，何来愚痴? 何来忧愁?

他遍及一切光辉，无身躯，无伤痕，无筋腱，纯洁无瑕，不受罪恶侵袭；他是圣贤，智者，遍入者，自在者，在永恒的岁月中，如实安置万物。

那些崇尚无知的人，陷入蔽目的黑暗；
那些热衷知识的人，陷入更深的黑暗。

我们听到智者们向我们解释说：那不同于无知，也不同于知识。同时知道无知和知识这两者的人，凭无知超越死，凭知识达到不死。

那些崇尚不生成的人，陷入蔽目的黑暗，那些热衷生成的人，陷入更深的黑暗。我们听到智者们向我们解释说：那不同于生成，也不同于不生成。同时知道生成和不生成这两者的人，凭毁灭超越死，凭生成达到不死。

真理的面容覆盖着金盘，普善哪!
我遵奉真理，请你揭开它，让我看到。

普善！唯一的仙人！控制者！太阳！

——《梨俱吠陀》神曲选，巫白慧译，商务印书馆出版

"从学习产生的知识将永存，而其他的事不会有结果。"

看古印度《吠陀》总是感觉现代的印度也是堕落了。恒河上的莲花也暗淡了不少。看古希腊，觉得欧洲也堕落了，不过古希腊的荣光还未散尽，毕竟大理石雕塑的众神就摆在那儿。读《诗经》也感觉还是堕落了，蝇营狗苟难有诗意。前面说中国人的"物哀"不过是做做样子，中国人的绝望也是如此。

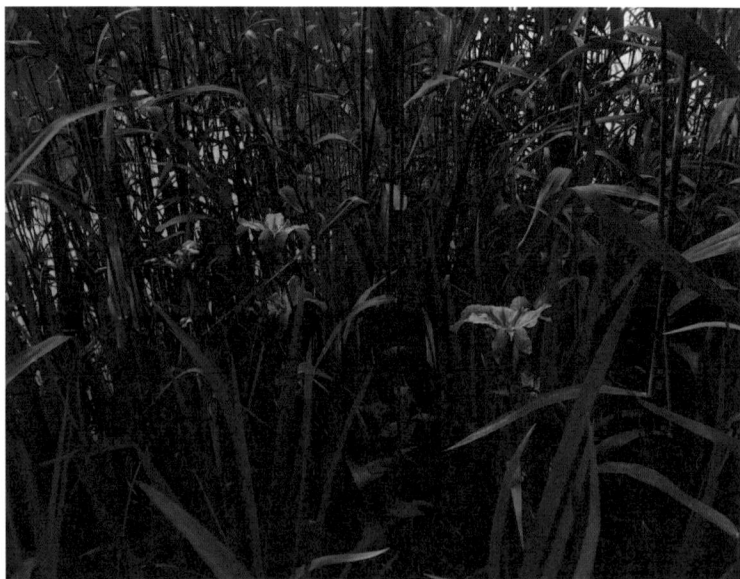

荒芜中的紫鸢尾

鸢尾默开于荒林，池鱼不知水将尽。

长夏初来好颜色，年复一年洗池人。

人的沉沦也许是从无法感知自然之美开始，在人与人的是是非非中不可自拔。生长在人之中的人，想要在是非中逃脱，又不沦落为山中野人，需要做很多功课。

小孩子就是快乐的意思，不快乐就哭，哭着要快乐。世人都由少及暮，但有人暮而忘少，似乎自己从未年少过。**年轻的意思是我还没有变坏，要是一直没有变坏就一直年轻着的意思。**

人之初是性本善还是性本恶，后来一些长大了的，忘记了自己也不过是过了期的小朋友，在那里一本正经地胡说八道，讨论着本性论，场面极其荒诞。再说又没有征得后来小孩子们的同意，多没礼貌。礼貌是很重要的事情，特别不能骂娘。骂娘者，可以处以当街鞭刑。既为人子，不能骂娘。其实在《诗经·大雅·荡》里早就说得很明白了。

小朋友一直很快乐，欢声笑语从不停息。小朋友就是容易快乐和很爱妈妈的意思。

在年轻人纤薄的身体里总是蕴藏着无尽的力量。

昨夜不相思，南风侵入梦。记得桃花刚刚开过，如今紫阳已从玫红慢慢变成罗兰紫，也是无可奈何的事。有人说雨天拍的花草树木，有静美之感，若是晴天，那是另外一种美。

一个人的样子是他心里想的事和吃进去的食物来呈现的。今天想着以后去山里种菜的时候把漫山遍野都种上紫阳花,今天看着自己明显比昨天好看许多。有人愿我永不长大,我又怎忍心变坏。

一个人有他的生态环境,这个自我的生态环境决定了很多事。

微斯人,吾谁与归。
何必见千里,自然有远心,短长肥瘦各有态。

最迷人的还是人心里的风景,那些好看的心里风景。如果一定要说世界,那不过也只是我和你的意思。回望过往,多有惊心动魄之感。一路山高水长,一边走着一边与昨天告别,真是一路的告别。那些还不愿意挥手道别的人,是漫长人生中少许的温情。

命运中纤细的线串联起来的人们,会在未来的时间里重逢。

神光乍起,看到神光灿烂的你。你的身体是祭祀的火,我双手托起我的神灵居所献于你。

无与繁华落寂,同归湖边水仙
繁总付之一炬,明月升起,湖光山色好风景

歌谣心中生,放咏不声色

默默久不语，立在翠林间

晴时晨光蕴染，蒙蒙轻烟窗外边
初夏亭亭生姿，高树枝头燕双飞

九、提着灯笼而来

命运之神，将沉重的命运托付与你。你告诉命运之神，你的肩膀很痛，需要垫个垫子。当命运之神接过你沉重的命运之后，你飘然远去，将沉重的命运托付给命运之神，重新去偷盗命运中的金苹果。

但丁由贝雅特里齐从人间领向天国的时候，诸神便流落到人间。牧师在华丽的教堂里宣称上帝就在我们左右，你们不必担心什么，因为上帝无处不在。十六岁的莎乐美站起来问道：上帝也在地狱吗？她在众目睽睽之下带着对上帝的无礼，推开了教堂的大门。外面暴雨倾盆，一身黑衣的莎乐美仿佛刚刚参加完上帝的葬礼。她自由了。

柏拉图深知自己敏感的感性，知道这种感性的波涛如何轻易地就能吞没他的理性。然后他说：我敬重并了解现实，但我将转身背对现实。

笛卡儿说：我思故我在。安·兰德毫不留情地说：我在故我思。阳明先生细声慢语地说："思"和"在"是在一起的不能分离，你们两位就不要再吵了。

人们一味地求安全，所以一味地很乏味。人们不懂得去"受苦难"，就是不允许去享乐的意思。乏味是深重的苦难，它摧毁青春的容颜，止息爱情的浪花，使一切变质腐败。

曾经年少，你我走在晚归的田野中，心中不禁哼起歌谣，就在此时你唱起我心里默念的歌。那一刻我便有了默默爱你的勇气，那盲目而热烈的爱意荡漾在田野的绿波中，是我多年不曾忘怀的青春。经年累月消失的只有光阴，秋天的野菊还在手边，曾经也在你的手边。光阴里的故事，也许相见不如做梦中人。

　　微风细雨沿河散步，右手边一对年轻情侣在雨中甜腻地对立着，似乎有着说不完的情话。左手边走来一老一少，老奶奶已是耄耋之年，步履蹒跚满头银发。女孩在给她们俩自拍的时候，老人撑着的伞自然地往女孩的那一侧倾斜着，这是祖母多年来自然的爱怜之情。她们边走边停，挽手前行。

　　右手的爱，朦朦胧胧看似很美，像是清晨的薄雾，风一吹就散了。愿那风晚点来，给年轻以时间。左手的爱无话可说，天经地义般地以生命的长度为爱延长。

　　外出午餐时见到对面坐着一对用手势交流的情侣，两位面相清秀，眉目传情，时时带着真心实意的笑意。男生分享了一些食物给女生，再次分享的时候，被女生用手势制止。彼此幸福的模样，似乎已有多日未见。在一个语言进化到近乎只用于"说谎"的自作聪明的时代，这种岁月静好，无声的真心实意的交流，显示出它特有的魅力。

　　我想所谓伴侣，也许只不过是心灵触碰连接、电光石火的片刻而已。

　　王云少时与友格物，对院竹三昼夜身疲力尽而休。少多勇，立宏志，此乃少年蓬勃。遂见古者成大事者多年少。自我萌动之时，如滚滚惊雷，非风驰电掣不能散发，其势不可当，挡者非死即伤。人如江波时有平静时有汹涌，前赴后继从不止息。

我们说的天性是有童年的意思，童年不可改变而显得无辜。人性中有向上的诉求，所以人是可以像战胜天性一样地战胜童年。

导之以政，齐之以刑，民免而无耻；道之以德，齐之以礼，有耻且格。古人说的：人、义、礼、智、信，应该还有一个"怒"没好意思说。

人要过得好一点，要学会宽容，宽容得像一个老祖母。

看朝暮起落的人间，看垂垂老矣的老者，他们也年轻过。就像总有一天我们也终将成为别人口中的古人。人在孤独时抬头望见月亮，心里感叹月亮总是陪伴着我。既有山河日月为伴，人又怎么好意思说孤独。古人说万物与我为一，大概就是这个意思。河桥上带着耳机看月亮，真是别有一番滋味。有人说众艺术对音乐都是嫉妒的，也许是因为众艺术竭尽全力想触及的东西，音乐响起时，众神都沉默不语。那些声嘶力竭也道不出来的人性幽深处，音乐却能轻轻地娓娓道来。

音乐是用自己祭奠自己的艺术。音符响起即消亡，无迹可寻，在无中呈现有，又在有中表达了无。世人都想要知音，可是有几人是钟子期。闻琴音而知雅意，需要辽阔宁静的心境。

满天的星星，一只冷明的月亮悬在南天之上，北斗星清晰可见。人类深邃的好奇心就是这样被一点点点燃。不由得问起：真的没有神灵吗——宇宙的和谐由谁来统摄。宇宙似乎时时刻刻在显示着它的和谐，似乎一直发出和谐之音。神在万物中又隐没于万物。不要去寻找它，它就在自己的"庐山"中。

沿河散步，见岸边一簇簇盛开的石兰心有感动。一阵久违的东风略有凉意，这感动应是对生命热烈与蓬勃的敬意。有人说夏日吹来的凉风，有一种悲伤的意思。此时是没有的，或许是今天的凉风还不够凉。

何必取京垓以外事，忧海水之少，而以泪益之。
人的广度有异，悲欢并不相通。

正如黑暗夜夜降临，太阳每天都如新生。正是黑夜成全了旭日的日日新生。

大苦之余，偿我极乐。

"世无今，有过去有未来，而无现在。譬诸濯足长流，抽足再入，已非前水，是混混者未尝待。方云一事为今，其今已古。"东晋僧肇言：回也见新，交臂非故。

近来做着各种各样的梦，梦里都是各种各样的人。也许是已走得太远，白天无法见到的人，梦里再去回望一眼。

男女之事，最能体现宇宙和谐之美。互助而友爱，携手而并进，惶惶岁月而相随。"人们又总是对认为特别珍贵的东西先是爱，再去毁灭，然后再去爱。"藕断丝连是好的，其情甚慰，缠绵未绝。最怕的就是藕没有断，里面的丝已经不再相连，其情甚悲。

或许只有在乐足与进取的交替中前行，才能生活得好一些。人情味也是个好东西，没有就是没有味的人。就像没有盐的菜，索然无味。我们说的大地之盐，就是那些有趣、有情味的人。

人类的"文明"走得越远，人类的忧患越深重。天地不仁，以万物为刍狗。只有人对诸神说不，并表示要以诸神为刍狗。于是诸神狼狈而逃，人开始尝试主宰自己并试图主宰万物。

力量在以暴力的方式展现的时候最为粗鄙，作为人应是反动物性的。最好的方式也许是"壮汉萌心"。暴戾就是软弱的意思。温柔与宽容中有坚不可摧的东西。

泰坦族必将战败，缪斯是唯一的神祇。

有时候我们低下头，只是为别人的趾高气扬与愚昧无知感到不好意思。

由于人心惯常的脆弱，当面对特别美丽的事物往往有种落荒而逃的狼狈，更有甚者心生恐惧。沿河散步，在狂乱激荡的思潮里，见到河岸边盛开着一株红色的曼陀罗。记得某年初秋闲游江海之滨，在游玩的归途选择了一条少有人迹的小路下山，天色黄昏，碧空阔云，古松斑驳遒劲有力地散落两旁。神思飘逸之时，忽见一大片曼陀罗盛开在江边野境，火红似火蔓延无际。静声不语，许多古时的浪漫物语在心中升起。

廓然空寂，幻梦大觉。湛然寂静，仁心不以。爱河苦海，永息迷波。

只有炙热的爱才能平息热烈的欲望。

明月夜，短松冈。古人情深处，雪松三万株。今人羞于说爱，是因本来就已无爱可说了吗——常听人言：智者不入爱河。心里想"智者"肯定不会那么傻。后来又想了一下，那只不过像是小孩子失去了糖果时说的一时气话。不入爱河的智者只适合住在沙漠里，方圆三百里没有一口水井。

所有的无趣都是因为不真，就像所有的不美都因为不真一样。先美丑，而后知善恶。美与丑是善恶之萌芽。即使略显笨拙的真，也有几分动人之处。

纵身跃入人群，耳机音乐响起时，如一层薄幕隔离出一片安稳的空间。音乐仿佛给所见之物镀上了一层薄薄水雾。音乐里面隐藏着太多欲言又止的话。

我们说古代好，只是说古代那些好的部分。就像我们说现代的堕落，没有说现代进取的部分一样。人由猴子进化为人，经由百万年之功，想几千年全抹百万年之旧习实属艰难。自觉为人之后，人类开始有了自证为人的意识，这会使人猴之间渐行渐远。

一只猴子站在江边，晚风窸窸窣窣地吹过身边的桃树，桃花开得正艳，一轮明月正缓缓升起，由暖黄到净明。江边的猴子看到此时此景不禁潸然泪下，感叹这良辰美景是如此美妙，决心从此要做个人。

一个人的自我生态环境往往决定了生存环境，他的生活将是自我生态环境的总结。自我生态环境也可以自我修复，就像被污染的河流经过治理能再现碧波粼粼，被大火焚烧后的森林也会重新焕发勃勃生机。

麻木就是没有知觉的意思。可是人的所有构成都是为了敏感，保持敏感而有知觉是对生命的敬意。麻木往往是残忍的意思。人的喜悦是可见、可听、可触、知味、能思、善感，整个身体都是一个感知体，以此衍生出种种人生体验。保持敏感就是保留人性的意思。

多少个海誓山盟也抵不过肌肤之亲的记忆。

由于人生太短，很多东西看起来似乎都是永恒的。那看似永恒之山的山巅，正是千百万年前的汪洋大海。回首望见远去的崇山峻岭，一路荆棘有时，繁花似锦有时，以身上的理想之光，照亮彼此脚下的路，寂寞又温情。

夜晚坐在桥中央听音乐，粼粼波光缓缓地向东而去，不远的大海是它们的故乡。喜马拉雅的游子重新回到大海的怀抱。流水是轮回在时间中的朋友，看着它们在脚下流淌，时时不同，时时常新，仿佛坐在时空隧道之上。晴朗的天空满天星，一个大大的月亮孤独着、明亮着。我问月亮你会觉得孤独吗——她说：孤独说得浪漫点是在享受自由。**曾经有个小孩子说：一个人的孤独是活泼的心。**他说得真好。

久没有去乡野，神光乍现的时刻在渐渐消失。在魔性的城市太久，感官会渐渐麻木。身体总是很诚实，置身于山谷，身体里的感官精灵会被唤醒，它们欢喜跳跃，你能感知到它们在身体里流动。与自然精灵一起时，身体与自然重新链接，精灵与精灵的重逢。植物、飞鸟、风声、云朵、光影都是你的同盟。

人们海誓山盟是要与"海誓""山盟"的意思。人与人的海誓山盟是两颗脆弱的心。

在介于动物与神之间的人类，与自然做着长期的斗争，自然是要把人类拉回动物界的平均值。人却走在通往神灵的道路上，自然之神很惶恐，便派出了魔鬼诱惑人类重返通往动物的道路。神灵派出的魔鬼隐藏在须弥山下十字架的背后，贩卖着它那通往歧途的赎罪卷。

一个喜欢"崇拜"的人很难获得新生或者说从未自在自为地以自己的名义活过。有些人总要找点东西崇拜，好像没有就活不下去一样。

漫长的蛰居，像走入静默中，自我有了更多发展的空间。在纯思想意识中漫游，无边无际，像踏入梦中的河流，遨游多日后，蓦然想起，这正是曾经的梦想。心念的狂波虽然依然热烈，只是已难撼劫后余生幼稚如初的心境。

一个大人长什么样，真不是无辜的。一个大人的所有过往及心思都完整地流露在容貌上，那是一张无法隐藏的自白书。就像在情感及情感的表现中显出他的灵魂一样无处可藏。

我们说和光同尘，是无可奈何的意思。一旦情况有所好转，光是光，尘是尘。

堂吉诃德骑着瘦马走将出来的时候，"现代"开始了。世人都嘲弄他，可是世人有几人能及他。时常也想骑着他的瘦马，来好好游历一番这荒诞离奇的人间。堂吉诃德是最好的情人。

轰轰隆隆震耳欲聋的作品，往往在肉体脆弱的时候发出，这不是故作姿态，而是对人间的眷恋和对生命无限的热爱。活着是件极其美好的事情，若通过自身的努力增加生命的光辉那就更美好了。

人们爱莲花的出淤泥而不染，岂不知这正是淤泥超然的虚荣。它显露出自己的罪过，隐藏了自己的美德。

文明社会有太多规矩，以至于显得很野蛮。他们一本正经谈论的"正经事"，看起来真是荒唐至极。诚然还是超出生活实际需要的东西，才能让生活有些色彩。有人说功能及奴性，可是摆脱功能性需要极大力气。如果没有音乐、文学、艺术、漫思，生活只剩下物质消耗与繁衍，好像并不能接受。

人想获得自由，就是拒绝对一切成瘾的意思。

有时候我们想念山里的那座破庙，并不是想得道成仙，更不是想普度众生，只是想避开有时候显得过于荒诞的世间。看到朋友埋葬没有救活的麻雀墓穴里鲜红的玫瑰花，小小的悲悯让微小的生命有了尊严，可以抵消人间许多荒诞。

有人提出中国是因为"儒家思想"太厚重，才影响了创新和发展吗？我说中国人只要一点点自由就可以创造出满天星河，想象力丰富是东方人重要的特质。虽然"自由思想"被残害了几千年，但在历史的缝隙中闪现的自由之光仍然显示出惊人的创造力。现代的所谓的"儒家""国学"大多都是一群道貌岸然的江湖骗子。就像所有"教士"都是基督的仇敌一样。要是古人可以追诉名誉侵害的话，曾经在乱世心怀理想之光周游列国满怀激情的人，以及那个在稷下学宫慷慨陈辩的梦想家一定会是原告。

后来老李摇了摇头，骑着青牛飘然而去。大概的意思是：要死要活你们请随意。

一个家长一直在给小朋友科普各种车标对应的各自品牌，讲得津津有味。我都不觉得有什么，直到他指着低飞的灰鹭告诉小朋友是老鹰的时候我才觉得一时不知所措。

"新闻"也很不容易，为了人们的幸福全世界找各种"灾难"。确实有一些人需要从别人灾难中获得一点可怜的、可耻的"幸福感"，而还有一些人只会在别人的幸福中看到更多获得幸福的可能。在想赞美的时候，尽情地赞美吧——在想批评的时候，一定要谨慎呀！我的朋友，最好还是闭嘴，有时候闭嘴是一种礼貌。

一个老人的悲悯是真悲悯。

有时候很好玩，一本书你买回放在那里许久没有去阅读它。后面你可能慢慢地对它有些许怀疑，或是多少有点看不上它。后来百无聊赖，你打开了它，你静默无声地看了一会儿，心里默默地虚了起来。它带你神游遥远的地方或是遥远的时空。你心生感动与艳羡，艳羡那跋山涉水，神思飘逸的游历者，真像一场美妙的梦啊……

强大的爱意之下难免心生自卑之情，这是自卑唯一体面的一面。

看青州南北朝时期的造像，仿佛回到那个时代。迦蓝重重梵音不绝，众生在战争的空隙中依然怀着善与美认真地生活，不然无法造出这样的精美艺术品。当古人在或幽暗或明亮的厅堂里与之相对，很难相信是出自凡人之手。

在查阅过的历史信息中，古人的悲苦固然清晰可见，但古人的雅致与作为人的体面亦可见。即使丢失了篇章的随笔《浮生六记》中主人公的悲伤、悲惨的命运也让读者心有戚戚。可是在悲伤的缝隙他们也好好地生活过，好好地爱过，也有他们的有情有义与风花雪月。这也是多数自作聪明的现代人所没有的，或者永生也不会体验到的人生滋味。

人人想要得到"爱"，却很少付出爱。人人只想得到，又绝少给予。按照能量守恒的原则，注定是一场空。如果空气中充满爱的因子，我们轻轻触碰便可以拥抱它。而遗憾的是明显空气中爱的因子严重不足，所以很多人表现出一种"缺氧"般的样子。

扔出石子想看一片涟漪，而往往惊起的是一片片涟漪。
那个扔石子的人要小心，放下石子，慈悲为怀。

朋友拍摄的照片，有时候感觉那披在身上的衣服根本不是她想穿的，也看不出任何情欲。仿佛是一种隐喻，一种自由的隐喻，身体摆脱衣服的自由，灵魂摆脱肉体的隐喻。在你的照片里万事万物展现出真理。

晴川夏雨后，薇绿浓墨染。

寻音幽谷处，抚琴兰草衣。

内省的自我观照中，身体的现实生活仿佛只是一个形式的存在。向外探索之时，那内外兼"秀"的芸芸之人，正是心之向往之所。有时候也只是由自己的良辰美景，衍生到对方身上的良辰美景。

"我的朋友啊，谁曾超然人世升上了天，太阳之下永生者只有神仙。"还是做神仙好，餐风饮露，长生不老。凡人要吃五谷杂粮，还有生老病死。人生仿佛是在拿肉身做赌注，过于危险。潦草的生命，谁又不是在风中起舞，如那风中的野火。可爱的活泼的灵魂半隐于出世之中，或许也是一种隐喻。

记得有一年胡乱开车闲逛，开到一个海岛上，那天浓雾弥漫，在背阴的山上有一排排大松树，松树的树干上种有一株株石斛仙草。很多漫游，如今想来都如梦似幻一般。

不知道从什么时候开始，人们羞于说闲。生命是个有机体，它除了艰苦奋斗之外也需要滋养。静下来看看风，看看树，发现自然之美。无论人类多么反自然，终归属于自然之子。人类有时候特别像那只玉米地焦躁的猴子。让我们慢一点吧，像个真人一样，看看路上的风景，看看身边的人，好好地说说话。还有那似乎忽然老去的双亲，他们的痴心也许正对着我们的薄情。

世上的双亲大多都是痴心的，就像世上的人子多是薄情的一样。

有些贩卖来的"思想"就像从黑心工厂贩卖出来的垃圾食品一样，对身心无益。但是吃起来有种欺骗人的好味道。

坐在车上无所事事，想到南京。南京呈现出来的还是标准的秦淮文化，在人的性情上一览无余。还在挚爱秦淮，她似乎在柔情中带着倔强与刚强，鲁莽中带着浪漫，流着六朝的血液，印记着名士的风度。轰轰隆隆歌唱着秦淮世代风华，浪漫似乎在鲁莽中格外动人。

友人看完时装秀后感叹："毫无生机的时装秀还不如赤裸裸好看，毕竟美好肉体永远不会过时。"那是那晚看到的最有意思的话。作为众神寓所的肉体，真的没有什么要羞愧的，人类在面对裸体时的羞耻心真是没有道理。人类是先意识到肉体，再慢慢地意识到诸神，诸神慢慢升起，肉体慢慢隐退。

走过一个又一个台阶的我们，是一个又一个神迹。翻山越岭来相见，为何又要别离？既然翻山越岭来相见就从此相依为命吧——永远不要怀疑、嫉妒你热爱着的人的过往，更不能听信道听途说的风言。爱情是娇艳又骄傲的花。

每一次依依不舍的离别，不如就此不走。原本以为已经可以不爱你了，可是在不经意间看见你的手，似乎又沦陷了。

你很江南，所以你很诗意。
江南山中秋色绿意未退，漫黄、绯红杂染其间，一副江南气派。

锦衣之下不管是夜行还是日游都是美妙的，苦行何尝不是对生命的亵渎？卑劣之甚者莫过于歌颂苦难。苦难只能是偶然，不应是常态，昨天的苦难更不能侵扰今天的欢愉。

波拿巴之后一战之前欧洲人的生活灿烂美妙。以至于威廉·尼采与他挚爱的致命女友莎乐美，躺在莱茵河的树荫里感叹世界不会再进入野蛮时代，人类的文明将无限灿烂地发展下去。他满怀激情，以超人的哲学面向他的世界。然而事实证明，威廉还是过于大意乐观。在世俗非议的嘲弄声中，他表现出人性中懦弱的一面，莎乐美微笑并鄙夷地离开了。后来他幡然醒悟，可是为时已晚。再后来，人们说他疯了。

恢复了傍晚跑步，在绿林与音乐中身体变得越来越轻盈，感知能力被重新启动。跑步时路过荒野中的桥，想起父亲在我们小时候经常说的故事。他说在一个大雾弥漫的夜里，他路过一座桥，桥中间坐着一只白色的狐狸。父亲停住脚步，白色狐狸仍然坐在桥中间看着他。他们就这样对峙着，父亲开口说道：是畜是妖都请让道。狐狸听后翩然跳下桥去，无影无踪。

昨天要写的那首《晚灯》还没有写出来，估计是许久没有喝酒的缘故。傍晚看着绿林间一个个亮起来的晚灯，像是一个个诗意。自然之中鸟兽俊美，每一个黑夜来临的时候都唱起暮歌，就像每一个黎明来临的时刻它们唱起早祷的晨歌一样。朝生暮死对于它们来说是深刻而现实的。雉鸟停于高林，在夜色中等待黎明，秋虫婉啾，没有听出悲意却似乎在歌唱它完满畅快的一生。

回家的路上看到一对高中生在街角相亲相拥，好久没有见到这样甜甜的人间。今天是什么好日子呢，抬头看见今天月亮很美丽。一股神奇的力量让我临时改变路线见到了美妙的人间。哦，是月下的维纳斯。谢谢你。

一个人要活得好一点，有时候需要一些运气。

万事都有教诲，有些话只在自己心里说起。有时笑而不语或许只是在心里默念起一首写在墙上有些斑驳的诗。墙是斑驳的，你的眼睛里却在熠熠生辉。

不能用诗篇解释"俳句"，更不能用散文。

"强盗职业操守指南"：正直的人们把强盗所造成的社会不安宁归咎于政府。他们说，正是政府把这些可怜的人推上了绝路，而他们所要求的只不过是安安静静地靠自己的职业生活而已。

西班牙强盗的典范就是声名显赫、绰号"早起好汉"的何塞·马利亚。从马德里到塞维利亚，从塞维利亚到马拉加，他都是大家谈论最多的人物。英俊、勇敢，虽为强盗却彬彬有礼，这就是何塞·马利亚的形象。如果他截停一辆驿车，他会伸出手来扶妇女下车，尽量让她们舒舒服服地坐在阴凉的地方，因为他行事多半都在白天。他从不骂人，从不说一句粗话，相反，待人接物，恭恭敬敬，彬彬有礼，而且发自内心，一贯如此。从一位夫人的手上摘下一枚指环时，他会说："噢，夫人，您的纤纤玉手根本不需要装饰。"把指环捋下来的时候，他亲吻了夫人的手，其神情用一位西班牙贵妇的话来说，似乎一吻就足够抵消了一枚戒指。——《梅里美中短篇小说选》梅里美著，张冠尧译，人民文学出版社出版

如果坏人足够诚实，或许可以抵消人们的几分敌意。

唐璜·特诺里奥墓上刻着骑士出于谦逊，或者出于骄傲而自己写下的碑文："此地长眠世上最坏之人。"

"靠别人轻信为生的人，本身是不迷信的。"

书中常有知音："看见一个年轻人对未婚妻的嫁奁比对未婚妻美丽的眼睛显得更感兴趣，我内心不禁大为反感。"

真正的爱情也许是："即使我进入神圣的、神圣的天堂，找不到你，我也宁愿另觅他方。"——科西嘉古歌曲

前面说现行的"婚姻制度"不可能一成不变，不是说爱会消失。爱是不死的。恰恰相反，爱会在土崩瓦解的废墟中自由生长，抖落尘埃呈现出它本来应有的样子。

似乎干了一个艺术家应该干的所有事情，睡懒觉，胡思乱想，四处闲逛，逛美术馆、博物馆，大量阅读，充分记录与表达。

江南就是桥的意思，桥就是水的意思，江南总是一副似水柔情的模样。

新桃花源记

山庭最美是黄昏　柴扉深处有暖灯
崖石璧立高入云　方圆百里无杂音

淙淙溪谷蝴蝶梦　紫衣门前抚佳音
不知人间今何年　只见桃花年年新

在山谷里小住，晨梦未觉，桂花的香气已经飘进屋子。需求归于诚实之后，得到更多的自由，纠缠人事与情欲沼泽，难免有陷落于窒息的险境。许久没有离开城市，竟然有"春游"的乐趣。在一栋山顶白房子住下，正在露台看美丽的《高龙芭》沉静中透着哀伤和她哥哥谈着一些无关紧要的事情。窗外传来美妙的吉他声。在这样的地方我是有勇气去看看演奏者的。很多偶然的事情都有着必然的原因，走过的路都是选择的总和。有些事情源于自己的想象，又终止于自己的想象。中间的这段路途也都有风景。

让我略感惊讶的是中国的闲人可真多，以至于漫山遍野都是——楼下是莫里哀的一幕幕悲喜剧，人间也不过如此。艺术家的过人之处正在于把人间的一个个荒诞不经的片段搬上舞台，好似把二维世界用三维空间表现出来。

与两个正经人胡乱游玩的一天还留有意犹未尽的余温，天怜众生各有所爱，也好度过这热闹而又落寞的一生。即使来风渡我舟，也只能是一段旅途。这互度的路途，这在彼此黑夜里点灯的人是多么珍贵。回来的时候，楼下莫里哀的悲喜剧已经落幕，少年又在弹她心爱的吉他。

有人在大柳树下等你，你去的时候记得牵起她的手。

花儿枯萎的时候，也许正在孕育着更多的小花。花儿枯萎的时候，请爱护它的果实。

那个说"天地不仁，以万物为刍狗"的人是多爱世人哪！正如纪伯伦在诗里说的：爱是恨的来处。天地又怎么会不仁？天地滋养出万物，并让其各得其所。在万物中都能见出天地的仁慈。

昨夜，夜宿汤婆婆家。推杯换盏不觉夜已阑珊，所聊之事不过是忘川边上奈何桥，小妖乱做摆渡人。我又啰里啰唆说了一下人间的事。她一直笑而不语，后来带着几分醉意说道：不过是区区人间。

"拙荆谈论诸神的口吻，已无礼之极。"

远见缥缈一棵树，近观沧桑已百年。心念之战是一种指引。心念中强大的力量既能毁灭我们，也能指引我们去到真正想去的地方。山脚遇见一个穿着很喜庆在龚佳育墓道前锻炼身体的大爷。他问我：有人说在墓前锻炼不好，是不是？我答：那只是内心虚弱的人胡乱说的，此地如此清幽时有神鸟白鹇飘忽而过，此乃绝妙之地，常来锻炼一定能延年益寿。早起爬山，从满觉陇七十五号到六和塔，路上遇见一只狗子一头野猪。

一个经常没有人注意的地方，走来了一个穿黑衣的女人，脸上戴着厚厚的面纱，手中拿着一个棕色羊皮提包，后来我发现，里面装着一件精美的睡袍和一双蓝缎子的高跟拖鞋。这个女人和那青年彼此都向对方走过去，眼睛

左右张望，一点也不看正面。他们走到一起，四手轻触，好几分钟都没有说话，两颗心怦怦直跳，气也喘不过来，情绪之激动，我敢打赌，一位哲学家即使活上一百年也解释不清。——《梅里美中短篇小说选》梅里美著，张冠尧译，人民文学出版社出版

夜色柔美，月魂如盘。晚上吃饭的时候进来了一位佛学院学生模样的年轻人，素衣，皮肤白净举止轻柔。他唇上微动，默念佛经的时候，我确定了我的猜想。我想他正沉浸在他自己的极乐净土，面容上看出他内心喜悦。他要了一份素食，并特意告诉店家不要葱、姜、蒜。我心里狂妄无知地想着，区区葱、姜、蒜岂能动我心。

楼下的戏台今日热闹非凡，梅里美的故事讲完之际，竟然看到一对"心如止水"的人儿在那儿看着书。觅食的半山上有着一束束浪漫，有人放了一大束玫瑰在路边任人自取。好似见到一群群不知秦汉的人，夜色掩映下的山谷，隔离了人间的悲苦，或许也是满身疲惫的人儿的避难所。

每天晨光初现的时候，总是能听见一种从前没有听过的神兽晨鸣的声音，声音奇特而有古意。

从虎跑路漫长的斜坡一冲而下，我不禁从自行车上站了起来，暗蓝色的宽袍紧贴在身体上，桂花的香风打在脸上，自由自在地穿过两边浓密的绿林。带着轻飘飘的身体，越过一幕幕思绪。穿过太子湾、净慈寺、南屏晚钟的石碑一闪而过，雷峰塔矗立在左手的西子湖畔，来到伊卡洛斯飞落之处。

来到美术馆，按照艺术家的指引在高原"小屋"里面盘腿而坐思考一下

荒诞的人生。二楼艺术家刘毅的展览也很有意思。不知道她在宁波海湾的小船是否还好。有人说我看着很像喝醉了，其实我滴酒未沾，只是在看并参与人间悲喜剧，而且尽我所能站得稍远一点。

一个了不起的作品中，即使是在描述悲苦、杀戮、残忍的事依然表现出美。这是艺术家的善意。

世上很多问题都因人未知其人，而以性别、地域论其人。以性别、地域论其人，以自沦为半兽教化的驯服，施与受皆同受害者。想写一篇关于性别、地域的《残梦》，没有写得如意。决定早起出去跑一圈，以做惩罚。也许这个问题过于宏大，写时又倍感可耻，不知道如何下笔。假以时日，我定将写出"残梦"让残梦者早日醒来。

有人说生命是一根细线，不断地延伸交织，穿出漫长的一生。我们在一个个点相遇、相知或是交织着一起往前走一程。这纤细的线，脆弱的交织点，一根走得太急或者一根稍迟就从此不再有牵绊。这本无什么，但在我看来仍是残忍的事。这在风中的摇漾的线，风雨兼程，翻山越岭走过许多许多的路，又是为与谁相见……

见过可爱之人后，才知世间的可爱。世人造出可爱之词，人心便播下爱与美的种子。世上既有了可以爱的人事，便抵消了人生一半的疾苦。

秋天的冷像春天的暖一个样子，都不彻底地留下了余地。而彻底的似乎都像是一个粗鲁的莽汉，难让人觉得喜欢。

决绝已经被厌弃，这是在为人性做证吗？

这漫长的余温似乎可以抵御四季。

有人画风景，只不过是在看心中的倒影。

读佛经最后的意思是不用去读，以空为大。所以禅宗六祖是不识字的。禅宗初兴之时，已是东方诸神的黄昏。禅宗思辨而来的泛神论，已是客客气气的无神论。无神之时，神已隐没于万物之中。

禅宗是要打人的，上去就是几个闷棍，估计是为了打醒那还在各种"残梦"中的人。禅宗的意思是要人成为人。

有人想去一个很好的地方，其实更实际的是去到一个地方，然后把它变得很好。这是东坡先生的风度。

上帝以显忠诚为由，让亚伯拉罕杀子祭天。亚伯拉罕亲自动手杀子，以显忠诚。亚伯拉罕刚要举刀，耶和华的使者阻止了他。这真是一个极其用心险恶的故事。紧紧握住我们的智慧不放，别人拿什么来换都不行，完全彻底的独立思考。不然人将不人，太可惜了。

看书有一个特别好玩的地方，几百年前或千年前的人事还在身边发生着，不断地上演着，只是换了一个舞台或一个背景，那舞台中的人并没有多大变化。洞悉人性是一件很危险的事情，如临深渊。如没有足够的力量很难脱身而出，而深陷深渊的人往往是不自知的。只要恪守，永不被厌恶的人事改变，便可以逍遥于人性深渊之外，逍遥地做自己。

在道听途说的三言二语中就去轻薄一个历史名人，是很不好的事情。历史中的名人都不是浪得虚名，时间已经洗涤了那些浪得的虚名。人们总是喜欢用自己有限的知识，去给别人贴标签。好像只有给人贴上标签才显得安全可控。

楼下的三花在我刚喂它的时候，是一副流落街头瘦骨嶙峋但仍不失优雅的样子。渐渐地它越发可爱，也雍容华贵起来。与人也更加亲近。出去散步也会陪我一程，大有莫逆之交的意思。渐渐地，附近的邻居也折服于它的猫格魅力之下，俨然成为团宠。这是很好的事情，它已不再依赖我一个人，我们各自得到了更大自由。

奴隶别人必然沦为奴隶的奴隶，在奴隶别人的时候自己便失去了自由，因为它一心在想着怎么样控制对方，自己便已入牢笼。"权术家"所好，不过是控制别人，因此必然沦为众人的奴隶。又因为它既要欺骗大众又要讨好大众，最后必然要沦为台上的小丑，卖力地表演一番不可。以上的反面正是自由的本质。

现实世界中无止境的虚荣和自以为是及自我迷恋，最后在时间的洗炼下，都会弄成人尽皆知的笑话。这是它应得的宿命。

在现实的生活中，我们不能也不应去给一个具体的人"定罪"，因为没有一个人是带着原罪来到这个世上的。但惩罚是有的，惩罚如影随形地存在，在恶开始的时候就已如此。

有时无意误入山门、古建、摩崖石刻经常看见被人为破坏的痕迹，刀劈斧凿在精美的造型上，有种难言的隐痛感。这些极其野蛮的行为多出自历史中特殊时期，人心堕落到兽性的时期，是多么不可理喻。一般有痛苦就会有思索。那些想推翻一切旧的东西建立新世界的人，最终沦为了半兽人。

众人多是迷途的，无法分辨好与坏、美与丑，他们需要的是有人告诉他们要怎么做，他们需要偶像、指路人，他们只是人偶。

一个自由的人忽然出现在众人面前，一时会引起不知所措的不安。当美悄然出现时，美也容易引起不安，似乎在预示着毁灭。岸樱如雪、随风飘散的时候，也有一种隐隐的不安之感。当叶子长出来了，心里感觉踏实了许多。

如果在每一种感受中，只提取感受的本身，那么每一种实际的遭遇便被虚化，化作人生的实得体验。那么一切在此境面前，都变得柔软轻盈不堪一击。

书到家后，总放一段时间再读，有了些许的日子朝夕相伴，再来好好一起谈谈心，感觉到彼此俨然是朋友，可以对彼此敞开心扉。有些书的意思是诸位随意翻看，不管是哪一页都好看。

早点从"残梦"中醒来，意识到自己是一个人并以此来对待另一个人，便能早些实现和谐人间。当我们热衷地关注是男人还是女人、哪国人、哪里人、哪个村的时候，我们并没有意识到人是什么。此时的人还在萌芽之中，人不过是动物中一个名字，与河马、大猩猩的名字并没有不同。

人应是反自然又属于自然之中，于是人对自然就显示出他矛盾的一面。

人们创造出和谐这个词语，或者说在纯粹的自然中发现了和谐，并开始妙肖自然。但人终不能完全符合自然之神祇的意思，因为那人将不人，回归于野兽。

人类总归是自然神祇的逆子，竟然发明了文字。光阴可以保存在文字里，永不消逝。我们读古籍，那千年前的时光仿佛又回到我们眼前，栩栩如生，鲜活得如未干的晨露。捕捉光阴的日子很好玩，在文字里感到自由，那种漫无边际摆脱实际肉身局限的自由。

只能从现实生活截取片段而不能是全部。在现实的完整生活中有时如那冬天没有被皑皑白雪覆盖的荒山。当然有些荒山本身也很好看。

"人一旦陷入对理性的偏执，心灵对美好事物的感知就开始枯竭。"

人们看到马的时候，觉得马长得像是用来骑的意思。可是马并不是这样想的，马的意思是它长成这样只为驰骋天地间。

所谓的"孝顺"，是两件事情。就是孝而不能顺的意思，这里面有超越性的东西存在而愚孝者多给长辈留下骂名，且有一种堕落腐败的气味存在。

我们努力寻找的真，也像极了幻觉。

喜剧倾向于表现比今天的人差的人，悲剧倾向于表现比今天的人好的人。亚里士多德主张不应让公民，尤其是年轻人听到不雅的语言。因为肮脏的言论是肮脏的行为的先行。在孩子们尚未长到能喝烈酒的年纪之前，不要让他们看讽刺作品或喜剧。——《诗学》亚里士多德著，陈中梅译，商务印书馆出版

悲剧精神可以，悲剧不行。人还是要逃避悲剧般的命运，这就是前面说的把沉重的命运重新托付给命运之神，重新去偷盗命运中的金苹果。

隐喻可增强语言的表现力，使人产生由此及彼的联想，人们可以从隐喻中学习到知识。使用隐喻词，可使问题显得明洁、优雅。隐喻词可以起到其他词类无法代替的作用。——《诗学》亚里士多德著，陈中梅译，商务印书馆出版

诸神用心不良，特别是对女性更是如此。只有自然之神是公正的，让女性生养补给她们多几个春夏秋冬。有些"习俗"是披着习俗的丑陋外衣下的深重而现实的罪恶。

原本可以享乐的时候去苦修，那苦修便是他最大的罪过。在原本应去苦修的时候去享乐，那享乐便是他最大的功业。

窗外何事，一树棉花乌桕树。

鸟的扫兴是长得好看，叫得难听。

整理着漫无边际的文字，外面下着雨，狂风四起。寒风将至的夜晚，狂风呼啸而来是冬日里极浪漫的夜晚。雪是冬神爱子，偶临这东南的迷途，若

隐若现地落在松林黛瓦间。你若拿出你的热情她便又消失不见。黑夜与白昼东南的人们都在等待那场似有似无的冬雪。

走在街上，下意识地吹了一下手。这一吹，冬天便不容争辩地到来了。

每次走在那千年前的堤岸，心里就想：这里走过那么多可爱的人——他们当时都在想什么呢？是否也在想，这里走过那么多可爱的人，为什么就不能再多我一个呢？

那个觉有情的人，也许正是那个知道生命里有死的人。
知道生命灿若烟火，才让人明了觉有情的珍贵。

世界的形态有时候取决于我们看待她的方式。我们能做的是给这个世界多一份善意。你付出去的她将加倍地偿还你，她的慷慨始终大于你。人们似乎在不断地遗忘，遗忘笑容满面，遗忘善意，遗忘赞美，甚至遗忘了如何去爱。如同马尔克斯《百年孤独》里的人们患上了遗忘症。

面对每一个善意，总是想去说一声谢谢。这善意或许只是朋友发的一张可爱的照片，路上遇见一只信任你的小猫，枝头的喜鹊对着你唱歌，或者是楼下的茶花开得正艳。

万物生灵都各有它的善意。

与友人在一个公园古建里的餐厅吃晚餐，一对满头银发的老人安静对坐着，屋子里飘荡着那首致命的歌曲，空气中弥漫着善意的因子。有些人就那样如实地活着，已是很好的礼物。归程，华灯初上行驶在江南夜雨氤氲朦胧的路上，一辆酷酷的机车上驮着一对美妙的青春，风驰电掣地行驶在江南的夜雨中——身后泛起一片片水雾飘荡在霓虹灯的夜色里。

人这一生越到后面越会发现能好好一起说话的人会越少，能有一两个可以一起好好说话的人已经是十足的幸运。至于爱情这样的东西对大多数人而言仍然是一个传说。很多东西要有所超越才会拥有，爱情与友谊都是如此。在这方面我们的古人要比我们做得好。

那个深知世界不可救还想去救一下的孔丘，注定是颠沛流离的浪漫主义。孔丘的浪漫是：开始他并不知道世界不可救，后来李聃告诉了他，他还是想去救一下。世界不需要谁去救，我们要做的和能做的只是认识自己，让自己多播撒善意的因子，当空气中善意的因子慢慢多起来的时候，会被每一个人感知到。这个世界也会更美好。

牛车一路颠沛流离拉着孔丘走将出来的时候，东方的浪漫主义便就这样慢慢地拉开了帷幕。东方的浪漫主义开始得太早太早，一路断断续续，以至于现代的东方人已经不怎么记得东方还有浪漫主义。

轻轻地向前一倾，半个身子探进照进现实的梦里。寂静无声暗夜里放烟火的人——有人问在向谁道贺？暗夜点燃烟火的人，只能是在为他自己道贺。

恋人们的结合使房子变成花园。——鲁米

窗口决定让多少月光探进屋子里。

提着灯笼而来

提着灯笼而来，
暗夜里的一抹红。

请不要只摘下星星，
请将我也一起带走。

没有你的烛火，我将进入永夜。
这暗夜里的火，点亮星斗的人——

这暗夜提着灯笼而来的人儿，是哪位神祇的使者？

在暗夜里太久的人儿，我就是神祇！满天星辰都由我放牧。
是什么遮蔽使你不见，可怜的人儿——

来吧，来吧，与我一起将日月星辰一一点亮。

图片来自马克·夏加尔《新娘系列》

写作或者其他艺术形式，只是提供一个途径，在这个路途会有它自己的遇见。既然是提供途径，必然有一扇扇门，给人以进入的可能。它又必然是活的、生动的，可以相互被感知，提供一个可以想象、思考的可能。

有人说如果不能到达海洋，也要把双脚伸入小溪。想了一下小溪，小溪近乎是至善的。她总是默默地滋养着她遇见的一切，轻声细语地安抚着遇见她的生灵。

君不见一条流动的小溪，水波滚滚没有边际，沿着永恒的航道排成行，后浪跟前浪，前浪让后浪。此水推那水，那水又追此水，总是水流入水，总是相同的小溪，总是不同的水。——拉博埃西

狂妄自大的海洋，小溪正是你那纯爱的母亲。

鲁米的诗里有一句："自私是一种不吉利的状态。它把信仰变成否认。"在亲密关系中这种征兆最明显，亲密的人一旦出现或过于频繁地出现，那必将带来不幸。即使这种关系得以继续维系，也将是一段不幸的关系。

鲁米的意思是爱先于我们来到这个世界，甚至早于太阳和月亮，就连先知也只能尾随其后。想想也是，没有爱的先知算什么先知。我们的心在供养着这个世界。我们要小心，我们存在要让这个世界变得更好——最少做到无害即是有益。

你怎么到这里来了

你在这里我就来了

隔着庭院的门扉的我们都没有开口，但要说的话都已经一一说出
相视一笑，不用千言万语

你说，这是禅
我说，这是天空的一片云

你说，大雪纷飞你为何还站在那里
我说，桃花正开在春风里

你打开门扉，我们相对而立，雪花、桃花一起飘进屋子里

雍雍穆穆不如朝朝暮暮。西湖边的几棵山茶树应该花开正好时，那粉白里透着绯红的花蕾不知道又在对谁诉说着那动情的故事。借助文字、诗篇、传记、对话、随笔做时光旅行，如那梦中的流浪。

寒鸦羽上雪，落入春池边。
残冬不肯去，明月松林间。

与人纠缠危险而迷人，需要极大的心性力量，方能不自困与困人，自困而困人皆非体面之事。保持一段清爽的关系于彼此都有益，摒弃妄念拓展温情的宽度，能彼此真诚地说说话就已经很好。有问候，有祝福，有善念，在

向众神祈祷的时候想起彼此已足够。

时值人间朝生暮死愈发明显之际，天地优游无拘，方能自爱而爱人。有人说即使跋涉过万水千山，诸子百家，若不能回归到优游之境也皆是枉然徒劳。世间的百般教诲，万种书籍终极之境皆是通往优游之境。

夜读古籍回到那光怪陆离古时有情味的时空，几个爱花人以及因满园芬芳而来的花仙子。即使古时的老虎也是有情有义的。有人在满园芬芳之地竖起经幡，只是因为梦中诸位花仙相托，以此来护佑诸花仙免受恶风侵扰。花仙酬谢以鲜花为引，做长生之方以回报护花人。古时喜欢择一荒芜之地，一生栽花之人为数不少。种桃种李种春风这样的事情还是古人做得更好。

祥风微拂，彩云如蒸。

晚上神游太湖，见七十二峰缥缈其上。西山老翁赚得佳婿，东山恶少狼狈于市井。又见狐仙林中读天书，林林总总光怪陆离。若要闲游文字便是汪洋一片海，神思做棹，心境为帆，出游三界古今，以众精灵为友，才子佳人为伴，不失为赏心悦目事。

昨日遇二翁种花，遍植灵卉于四野，中设草堂为居，竹篱为广院，非请莫入。清幽之所，灵动可爱，夜来花仙风神，几许良宵共度，清酒花饮已是天上人间。

时有在山川行走，茂林秀竹在侧，山峦葱郁如黛。若是雨后初晴，见白云从山间袅袅升腾，林兽有鸣，鸢鹰悬空，天地之间流动的气能被清楚地感受到。缓缓而行，众山虚化、随从，那一刻深知是天地的知音，移动的身体也如同一座须弥山。

春山行

落雨声中，金铃悬空
若有远思，常入梦中

超心炼冶，绝爱淄磷
空空春山，郁郁葱葱

寂静碧野，无处寻踪
长啸放歌，草木随从

我的思索就是我的乐园，我的思索就是我的献祭。世间把美丽给予我，我献出我的思索以偿还。人间的旋涡大且深，临渊一瞥的惊惧中，仍见出这个世界的美丽。

十、后篇

舟上渔人，可知何处桃花源？

友人发来消息：桃花源在每个人的心里。

山山而川，大河之滨。千千万万的土地上生活着千千万万的生灵，各有各的乐园。飞鸟在空的时候不关心人间事，莽林之中也有着俊美的兽。

理穷而见物，纷繁渐渐落下。伫立之时，或许只是在为一片草木的美貌而动情。想起一些古往今来、天涯海角的人，有些人会偶浮心头，已经很好。在另一个维度遇见或者重逢过的人。我们说喜欢一个人，有时候并不是要怎么样，只是因为某个人的存在感觉很好，感觉人间值得眷念。看到美好事物，眼睛里充满善念。

你的眼睛显示出你的非凡，后来看到被你沾染过的草木都熠熠生辉。

生命盲目地延续着，我们去做些"犹矿出金、如铅出银"的事。现实世界与生活难免嘈杂喧嚣，很多时候只是应付了事。重要的是那些洗炼之后得来的蔚蓝澄净流泉之地，芳草萋萋一片虚无。

我爱天空的一朵云。我的爱是天空的一朵云。白云配什么都格外美，因为白云不在意什么。

"情深而不诡，风清而不杂。昭昭若日月之明，离离如星辰之行。"

忠信可矣，无恃神焉。古人认为：向神明祈福的人要自己无愧于神明。

沉溺于文字日久，慢慢明白古画中描绘的山川景致。人到最后或许只想描绘自然，在自然的山川林木中映出理想之物，用自己的理想灌输到画面或文字中，呈现出生动的气息。看古画，是看那个古人的理想。今夜与一些好的古人心意相通，今夜没有虚度。

天上的月亮时时圆，人间没有什么大不了的事情。不再愿为外面的悲伤而哭泣，亦如不愿意别人为我的悲伤而哭泣。

夏季，傍晚，甘草味，大地的爱意。夏日傍晚时分出去走走，会发觉那一排排俊美的树与青青草地都是爱你的，都在告诉你生命的美妙。人食五谷瓜果，又怎么能不与它们相亲呢？

有人说孔丘一路颠沛流离，周游列国，最后只落得像个丧家犬一样徘徊在城门口，楚狂人吟唱凤歌笑话他，但在楚国他还有知己。那个在汨罗江边徘徊的人与他是心意相通的，心意相通但各怀理想。没有那些颠沛流离，晚年伏案时估计会很无聊。世人都喜爱那个徘徊在汨罗江畔的人，因为他的真实与私心昭然可见。那个在牛车上一路颠沛流离的人，把西落的太阳揣在怀里，光芒遮住了私心，也遮住了真实。

外面或者说网络有千千万万个奇怪的人，而你只有你一个，且只有此生。尽量远离更无须纠缠，那正是他们想要的。尽自己所能，把自己变得好一些，做自己的良辰美景。若有一个良辰美景一样的人与你一起站在桥上看月亮，记得牵起她的手。您看我老是说要牵起人家的手，那是生命与生命的链接。

鹤立在鸡群里，鹤也很难看，鹤最好立在凤凰里。再不济，也应到孔雀里挤一挤。鹤最好还是独自站在旷野中，四周没有一只鸟。

有时候看到一个美丽的地方，想问在哪里，其实不用问的。自己去了也许风景也就变了，人的心境不同看到的风景也不同。风景也有它自己的脾气。

人间的事情其实远没有那么复杂，一切繁复杂乱止于真情实意。有时候不必为他人的虚情假意而难过，自己付出真心已足够，这正是最好的报偿。

不要委屈求全，因为委屈求不了全。

有一只瓷盏喝茶，一只陶碗吃粥，便再无所求了。

夏日站在桥上有东风吹，已经很好。

虞公子说清风明月还在，人又怎么忍心变坏。河风已有凉意，虞山上的野菊又要盛开了。草木深知四季的情谊，人又岂能是无情物。一个小女孩提着一盏金鱼灯从桥上走过，有人说要担当人性中最大的可能。

"我怎么能种出一片森林，我只是让森林自行其是。"

夜晚读书看到：最可怜浪子白头。心生酸楚，浪子白头已无头可回，家中估计也难有老母盼浪子早归了吧。

刘伶常乘鹿车，携一壶酒，让人带着铁锹跟在后头，准备随时醉死了便埋了他。阮籍邻家少妇有美色，当垆沽酒，籍尝诣饮，醉便卧其侧。

"定云止水中，有鸢飞鱼跃的景象。风狂雨骤处，有波恬浪静的风光。"

我所在意的不过是飞鸟、游鱼、晚风、落日——你说爱人吗？人类是应该好好相爱的。

"填平湘岸都栽竹，截住巫山不放云。长将姊妹丛中避，多爱湖山僻处行。"看到书中这两句笑了起来——确实是个好办法。

荷花池外，空无一事。

今年江南多雨，像是一个漫长的雨季，空气湿润，草木浓绿更胜往常。想起三千年前大象在河南及周边地区游荡，也就是说河南那时的气候已温润如今天的云南。至于气候变化这样的事情不用那么忧虑，能顺天应人觉知四季、草木中的善意好好对待就已很好。

好好地生活，才能去感受和经历这颗美丽星球的种种。至于结果，结果既然是注定，自然就不需要去管他。就是说你不用想着死的事情，因为总是要死的或者如孔丘说的：未知生焉知死。先好好活着吧……

夜读闲书觉得很久没有做过"正经事"，真快乐。落雨、闲书无所事事，卸下荆棘手持玫瑰。愿天下人都能卸下荆棘手持玫瑰。

诚然有些人确实像是寺庙门前许愿池里的乌龟，虽然拜者徐徐，金玉满地仍池中物。

沿河散步，欲与你言，最后也只告诉你河边的银杏已泛黄。

看到山总让人心安，因为山就在那里，一直在那里，慰藉着溶漾不定脆弱的人心。早起去太湖市集，发现原来胖头鱼可以长那么大，湖鲜琳琅满目。太湖水已至清，屋子外面的小河可以看到鱼儿结伴游玩。鱼游于渊，鸟翔于空，是它们各自的快乐。那什么是人的快乐呢，刚刚整理文字，看到一段有意思的记录："世间惊奇的事情虽多，没有一件比人更惊奇。"

月下扛琴太湖上，银波荡漾弦外音。拥清波明月者须思无邪。

天天也没有什么哪，就是云哪，水呀，一片湖。一心无累，四季良辰。

与太湖神仙推杯换盏于缥缈峰上，千里之外仍有远心。

楼台落日，山川出云。白昼迹匿，续以朗月。早归尘庐，听雨夜读。书中常有知音，随唱何止阳春。读书可以拥有持续稳定的快乐。古人随笔写下只言片语，鹤唳于半夜，犬吠如豹，猿鸣在岸崖，蓊郁崇岭山气浮动，此时与青山对望之人一副大地之子的气派。

开着窗，风吹在身上凉凉的，一只白麻相间的小猫在对面的窗台探出脑袋，唐式的金铃发出远早音声，一只大黄蜂徘徊在金铃前，乌桕树满树果实，在等待严冬来临时接济鸟兽。

"雪满山中高士卧，月明林下美人来。"

"一勺水，便具四海水味，世法不必尽尝；千江月，总是一轮月光，心珠宜当独朗。"

"面上扫开十层甲，眉目才无可憎；胸中涤去数斗尘，语言方觉有味。"

古人我亦爱得不多，范蠡、陶渊明是爱的，还是更喜欢范公一点，没办法，世人之心皆有偏爱。

孙权唯有对母亲唯唯诺诺时，才更像一个大英雄。

孔明吊公瑾实为祭知音。

世人爱关羽，岂不知曹阿瞒才是他的知己。

在白昼里燃烧，在暗夜里吸收光明。白昼喧嚣，夜来清朗。

与河水同行，河水悠然从容，我亦缓缓而行。对岸的高树开出满枝的黄花，深秋之时，便会结出一树树的红灯笼。人云有名，我皆不管，我更愿意叫它灯笼树。记得某年深秋，在满树灯笼的季节与一个犹矿出金的人同行，明月高悬，轻舟涟波，山影远阔，相携不语，身同神游。

往昔读书如饥似渴，现已是落花流水，稍有倦意倒头就睡。世事诡谲也难动心境，想起那句：南风亦动，少艾之心，也是悲凉。又想起那句：精明是年纪的罪孽，如警钟夜鸣。夜里远游，忽行千里，忽去千年。

回来的路上，几个字跳出来：智者自渡。左思右想，也没有找出破绽。见一物摇漾生姿，情思也随之晃动，付诸文字的时候，便自然而然地流出来了，无思无虑，手也自成了工具。

高士厅中卧，逸友舟中笛。俊树亭亭两相立，崖石高耸意入云。小童携琴小径上，欲于瑶琴送知音。水波亦是有情物，借风自成一局棋。——观明朝周臣《水亭清兴图》有感

竞今疏古，风昧气衰。风骨渐逝，气韵难存。

看到一千五百年前的人写下的这两句话，觉得很有意思。这渐弱的气又流了一千多年，现在真是所剩无几，见众生也就是蝇营狗苟难有生气。可是东方人就是气韵生动的意思。让我们成为更好的我们吧。

有人说没有在红尘历劫并劫后余生，不配去山中隐居。古人又说不读完三万本好书，见不出山川的秀美。古人总是夸大其词，我觉得静下心来，

认真读完三十本好书，就能认出山川之美，那种与山川共契的体验无限的美妙。那个走在深秋山景中的人，想起那个本可并肩而行的人，也只能抬头凝神后束紧衣带。

记得那次久病初愈，出门散步的路上，遇见一个很普通的池塘。阳光照耀在池水中，我凝视了很久很久，微微波光满心感动，内心充满喜悦，那是生的感动与喜悦。在往后的日子，也偶会想起那一池水光。

暴雨倾盆、绿林矗立，去见一座精心装扮的城，见她最美的样子或者想给予最美的样子。这是善意，是城的善意，也是我的善意。

人是天地之间最大的精灵。流动不居的生命中，静是我们能享受的片刻欢愉。矗立于此，我像一棵树一样倾听、思索、等待、祈祷。

在茶山的绿林中忽然有一只神兽出现在面前的小路上，百般憨态欲与我行。我对它说道：我说过下辈子你是猫我是石头的时候你要记得我。虽然出了点差错，我们还是可以彼此相爱的。我们一路同行，穿行在晨雾弥漫的山谷绿林之中。

"天何言哉？四时行焉，百物生焉，予语无言。"

"不可乘喜而轻诺，不可因醉而生嗔；不可乘快而多事，不可因倦而鲜终。"

《礼记》云："君子之饮酒也，受一爵而色温如也，二爵而言言斯，三爵而油油以退。"

《礼记》说君子饮酒，饮一爵就脸色温和，饮二爵就开怀畅言，饮到第三爵就姿态翩翩地退席。

染谢譧不妄交，有时独醉，曰："入吾室者，但有清风，对吾饮者，惟当明月。"——《酒谱》

灵虫低鸣，它们在唱些什么呢？桂花的香气隐隐透过窗台飘进屋子，又一个花好月圆的日子，远方的佳音时常有伴，日子寂寥又温馨。早早醒来不知何故，岑静中的灵虫鸣唱得格外动人。语言是声音的终极，想必秋虫也在说些好听的话语，才会如此动听。晨幕在缓缓地拉开，鸟兽唱起早祈的歌，醒来吧，醒来吧，梦中的人。天已四明，晨光初兴，漫游神思，无所用心。

早梦，在山里闲逛遇见一只乌黑乌黑的穿山甲，我们一起玩耍徒步，开心快乐。感觉下次去山里闲逛应该能遇见它，这样的事情于我也不算太稀奇。

有时候仿佛是在练习，在做准备。在为什么做准备呢？似乎在为一切做准备。在山里是如此，在书里也是如此。人其实知道什么是好的也很难，需要很大的力气。

有人说性是一个动作的无数次重复，这是说的性。那爱呢，爱以什么样的姿态存在？爱比宇宙大一些，就是说宇宙诞生在爱之中，这是宇宙的全部秘密。

唯爱不居，周游六虚。爱在高山大河，密林深谷，在飞禽走兽虫鸣鸟唱之中，爱是我无意间握起你的手指。

地球是唯一的故乡。生活还是如梦似幻荒诞离奇，人类世界有无数个维度在同时运行。人类已经走得太远，人的神思让众神胆战心惊。

有人说：我的心略大于整个宇宙。其实他说得没错，我们无限的思想决定了我们的广阔无边。

强大的心念狂波，引向深海洋流的漩涡。手握橹桨，划动蓝波，随风已飞几万里，小舟已在流云中。

运气是小规模的命运。说到命运的时候诸神也沉默不语。

人们说水往低处流的时候，也不要忘记它曾是天空中的一朵云。

有人问：为什么会想起写这本书？

很多事情都是自然而然的，是一种自觉或是一种必然。如果一定要有原因或者希冀的话，希望我们的世界会更好。

图书在版编目（CIP）数据

晴川·漫游集 / 伞松著 . -- 上海：文汇出版社，
2024.10. -- ISBN 978-7-5496-4302-8

Ⅰ. I267.1

中国国家版本馆 CIP 数据核字第 20248437G2 号

晴川·漫游集

著　　者 / 伞　松
责任编辑 / 乐渭琦　周卫民
封面策划 / 崔砚然
装帧设计 / 薛　冰

出版发行 / **文匯**出版社
　　　　　　上海市威海路755号
　　　　　　（邮政编码200041）
经　　销 / 全国新华书店
照　　排 / 上海歆乐文化传播有限公司
印刷装订 / 浙江经纬印业股份有限公司
版　　次 / 2024年10月第1版
印　　次 / 2024年10月第1次印刷
开　　本 / 890×1240　1/32
字　　数 / 250千
印　　张 / 10.125

书　　号 / ISBN 978-7-5496-4302-8
定　　价 / 78.00元